光文社文庫

旌旗流転《せいきるてん》

アルスラーン戦記⑨

田中芳樹《よしき》

光　文　社

目次

主要登場人物

アルスラーン……パルス王国の若き国王《シャーオ》
アンドラゴラス三世……先代のパルス国王。故人
タハミーネ……アンドラゴラス三世の王妃
ダリューン……パルスの武将。異称「戦士のなかの戦士《マルダーンフ・マルダーン》」
ナルサス……パルスの宮廷画家にして軍師。元ダイラム領主
ギーヴ……あるときはパルスの廷臣、あるときは旅の楽士
ファランギース……パルスの女神官《カーヒーナ》にして巡検使《アムル》
エラム……アルスラーンの近臣
キシュワード……パルスの大将軍《エーラーン》。「双刀将軍《ターヒール》」の異称をもつ
告死天使《アズライール》……キシュワードの飼っている鷹《シャヒーン》
クバード……パルスの武将。片目の偉丈夫《いじょうふ》
ルーシャン……パルスの宰相《フラマータール》
イスファーン……パルスの武将。異称「狼に育てられた者《ファルハーディン》」
トゥース……パルスの武将。鉄鎖術の達人

ザラーヴァント……王都の警備隊長。強力《ごうりき》の持ち主
ジャスワント……シンドゥラ国出身のパルスの武将
ジムサ……トゥラーン国出身のパルスの武将
グラーゼ……パルスの武将。海上商人
アルフリード……ゾット族の族長の娘
メルレイン……アルフリードの兄
ヒルメス……パルス旧王家の血を引く者
ラジェンドラ二世……シンドゥラ王国の国王《ラージャ》
ギスカール……ルシタニア王国の王族
ボダン……イアルダボート教の教皇
カルハナ……チュルク王国の国王
ホサイン三世……ミスル王国の国王
右頬に傷のある男……ミスルの客将
グルガーン……魔道士

アルスラーンの半月形
トゥラーン
ダルバンド内海
チュルク
ダイラム
デマヴァント山
ヘラート
パルス軍遠征経路
王都エクバターナ
聖マヌエル城塞跡
チャスーム城塞跡
ペシャワール城塞
コートカプラ城
グジャラート要塞
国都ウライユール
パルス
旧バダフシャーン領
シンドゥラ
ギラン
マラバール
0
100
200
ファルサング

第一章　アルスラーンの半月形

I

さえぎるものとてなく、曠野《こうや》を風が吹きぬけていく。高く低く、あるときは笛《ふえ》を吹き鳴らすように、そして一瞬後には目に見えぬ巨獣《きょじゅう》が咆哮《ほうこう》するように、風は人馬の列をたたき、吐《は》く息を白く凍《こお》らせた。大陸の奥深く、冬は苛烈《かれつ》に、また無慈悲《むじひ》に天と地と生物を支配している。

パルス暦三二五年二月。パルスの国王《シャーオ》アルスラーンは二万の軍を統率して親征の途上にあった。王都エクバターナを宰相《フラマータール》ルーシャンと大将軍《エーラーン》キシュワードの守りにゆだね、選びぬいた精兵のみで国境をこえたのである。目的は、友好国シンドゥラの救援であった。シンドゥラ国は北方の山岳地帯からあらわれた正体不明の仮面の騎馬《きば》兵団に侵攻され、パルスに援軍を求めてきたのである。

シンドゥラ国王《ラージャ》ラジェンドラ二世は、アルスラーンの親友であり、心の兄弟である。とシンドゥラ国の記録には書かれている。パルス国の記録は、それほど熱烈ではない。そして記録に残されていないところでは、パルスの将兵たちが、主君の心の兄弟に対して悪口を並べたてていたのである。

「またシンドゥラの国王《ラージャ》どのが、難局《なんきょく》を持てあまして、われらが国王《シャーオ》に救いを求めにきたというぞ」

「これではパルス軍はシンドゥラ国の傭兵《ようへい》も同様というものだ」

「傭兵のほうがまだましだ。おれたちはただ働きだからな。あのいけずうずうしい国王《ラージャ》どのには、苦労の味を知っていただくべきではないのか」

不平を鳴らしつつも、十八歳の国王《シャーオ》が出兵を命じれば、パルス人たちは拒否できないのであった。それどころか、留守をまもるよう命じられれば、なお強い不満をいだいたことであろう。彼らは自分たちの武勇に自信をいだいていたし、現実に、国王《シャーオ》アルスラーンの旌旗《せいき》のもと、敵に敗れたことは一度もなかった。

アルスラーン王の意を受けて、出兵の策を立てたのはナルサス卿《きょう》だった。パルス全軍の軍師であり、異国にまで智略《ちりゃく》の誉《ほまれ》をとどろかせる男である。シンドゥラからの救援依頼がとどいたとき、彼は国王《シャーオ》の御前《ごぜん》に大きな地図をひろげて説明をはじめた。

「シンドゥラを救うためにシンドゥラへ出兵する必要はございませぬ。おそらくチュルクの正規軍は南の国境にひしめいて、わが軍がシンドゥラへ赴《おもむ》くのを待ち受けておりましよう」

アルスラーンはうなずいた。

「そうか、わが軍がカーヴェリー河を渡ってシンドゥラ国にはいったとき、一挙に南下して、わが軍の後方を絶《た》つつもりか」

「御意《ぎょい》」

ナルサスはうれしそうである。彼はアルスラーンにとって軍略の師であった。弟子の洞《どう》察力《さつりょく》がいちじるしく成長しているのを、彼は喜んでいた。

「だがチュルクの本国を急襲すれば、けわしい山岳地帯と、準備をととのえた正規軍と、双方《そうほう》を相手にすることになる。容易には勝てぬぞ」

そう意見を述べたのはダリューン卿であった。「パルスの黒衣の騎士《きし》」といえば泣く子もだまる、といわれる雄将《ゆうしょう》である。ちなみに、「パルスの宮廷《きゅうてい》画家」といえば泣く子も笑うといわれているが、その理由は異国人にはわからない。

「もっともな意見だ。だが心配いらぬ。われらはトゥラーン領を通ってシンドゥラへ行くとしよう」

「トゥラーンの領域を通過する？」

アルスラーンはおどろいたが、すぐに諒解《りょうかい》した。ナルサスの作戦は奇をてらっているように見えて、完全に合理的であった。シンドゥラを席巻《せっけん》しつつある仮面の兵団が、ナルサスの予測どおりトゥラーン人によって編成されているとすれば、彼らの故国はまったく空白地帯となっているはずである。パルス軍が進撃しても、さえぎる敵軍は存在しない。そしてチュルクは北方のトゥラーン方面に対しては、いちじるしく警戒をおこたっているにちがいなかった。

「トゥラーン領内を通過するのは、文字どおり無人の野を行くようなもの。むだな時間を費《つい》やさずにすみましょう。ジムサ将軍に先導してもらえば、さらに時間を節約できます」

ジムサはトゥラーン国の出身で、現在アルスラーンの宮廷につかえている。たしかに、彼ほど先導役としてふさわしい人材はいなかった。

「わかった、ナルサスの策にしたがおう」

アルスラーンはいったが、ひとつ気になった。トゥラーンとチュルクの領内をパルス軍が通過するには、大義名分が必要ではないか。

ナルサスが答えた。

「チュルク国と仮面兵団とが無関係であるといたしましょう。さすれば仮面兵団は国境を侵して良民《りょうみん》を迫害する無法者の群。これを討つこそ正義と申すもの。喜んでチュルク国も協力してくれるはずでございます」

論理の強引さは、ナルサス自身とうに承知している。だが、こと外交と戦略の分野ではこれで充分なのだ。チュルク国王カルハナのような曲者《くせもの》を相手にして、形式的な正義などにこだわっていては、不利になるばかりである。

アルスラーンは、チュルクから帰国したばかりのギーヴ卿を呼んだ。彼はカルハナ王と対面して会話をかわした証人である。

「チュルク国王の為人《ひととなり》はどうだった、ギーヴ卿？」

アルスラーンが問うと、ギーヴは思いきり眉《まゆ》と口もとをひん曲げて答えた。

「いやい、いやあな奴《やつ》でござる」

アルスラーンはまばたきし、ナルサスが笑いだした。かつてナルサスは、シンドゥラ国王ラジェンドラ二世が即位する以前、チュルク国王の名を持ちだして外交上の道具にしたことがある。不快そうにラジェンドラは吐きすてたものだった。「チュルク国王が俠気《おとこぎ》のある人物などと聞いたこともない」と。どうやらギーヴも、ラジェンドラと似た意見を持ったようである。

仮面兵団がチュルク国王と深い関係にある。それがパルスの王宮に知られているのは、ギーヴの報告によってであった。ギーヴら一行は、チュルクから脱出する際、仮面兵団と戦闘をまじえている。その指揮者が、パルスの旧王族であるヒルメス卿ではないか、と、想像されるのであった。

その点について報告するときは、ギーヴは慎重《しんちょう》だった。

「戦士としての技倆《ぎりょう》と迫力《はくりょく》とは、ヒルメス殿下に匹敵《ひってき》すると見ました。兵士の統率にも乱れがなく、みごとなもので」

「真物《ほんもの》であってもおかしくはない、と？」

「御意《ぎょい》」

断言は避けたが、ギーヴには確信がある。彼と互角か、あるいはそれ以上に戦える剣士など、世にそれほど多くはない。まして、パルス風の剣技をふるう、ということであればなおさらである。

「あの御仁《ごじん》も、平和な余生という台詞《せりふ》は似あわぬと見えますな」

ダリューンがつぶやいた。かつてヒルメスはパルスの王位を求めてアルスラーンの生命をつけねらい、ダリューンの伯父《おじ》ヴァフリーズを斬殺《ざんさつ》したのである。ヒルメスが国を去ったとき、ダリューンも、伯父の怨《うら》みを放棄《ほうき》することにした。だがふたたび戦場で見《まみ》えることになれば、今度こそ死を決して闘うことになろう。

アルスラーンが座から立ちあがった。

「ただちに進軍！　北へ迂回《うかい》してトゥラーン領を通過し、チュルク領を経《へ》てシンドゥラ国へ赴《おもむ》く」

こうして、「アルスラーンの半月形《はんげつけい》」と呼ばれる作戦行動が決定されたのだった。そう呼ばれるのは、パルス軍の針路が、王都エクバターナから北へ、つづいて東へ、さらに南へ、と、巨大な半円を描くからである。

ナルサスは国王アルスラーン親征の準備をととのえると同時に、クバードとトゥースの両将軍に指示し、東方国境のペシャワール城に軍を集結させた。チュルク軍は、パルス軍がカーヴェリー河を渡ってシンドゥラへ進撃する、と思っている。その「期待」どおりに動きを見せることで、チュルク軍の注意を引きつけておくことができるからであった。

かくしてパルス軍はあわただしく動きはじめたのである。


パルス軍より一か月以上早く、仮面兵団は雪を蹴《け》ってチュルクからシンドゥラへと南下していた。トゥラーン人一万騎をひきいるのは銀仮面卿ことパルス人ヒルメスである。彼は統率に甘さがなかった。

「このていどの雪山も越えることができぬ者は死ね！　弱兵《じゃくへい》になど用はない。生きて勝って帰れる者だけがついてくるがよい」

ヒルメスの苛烈な命令に、トゥラーン人たちはよく応《こた》えた。彼らには他に方途《みち》がないのだ。自分が生きるため、故郷の家族が飢《う》えずにすむため、彼らは冬山を踏破《とうは》してシンドゥラ国へ乱入しなくてはならなかった。シンドゥラの国民《くにたみ》にとっては、とんでもない迷惑であるが、そこまで思いやることはトゥラーン人たちにはできぬ。

トゥラーン人たちは山道の雪をとりのぞき、氷をくだいて前進した。両側を高い断崖《だんがい》にはさまれた道は、そのまま北風の通路となって、咆哮《ほうこう》する大気の激流《げきりゅう》が人馬を吹きとばさんばかりである。実際、突風《とっぷう》によって吹きとばされ、深い谷底へと転落していく者もいた。トゥラーン人たちは、たがいの身体《からだ》を革紐《かわひも》でしばり、ささえあって進んだ。シンドゥラの実り豊かな田園を想像し、思うさまそれを踏みにじることを願って、彼らは寒波と疲労に耐《た》えた。そして労苦はむくわれた。頭上の雪雲が消え、青空がひろがり、春さながらの陽光が降りそそいだ。眼下に薄緑色《うすみどりいろ》の野が展開し、陽光を受けてまどろんでいるかに見える。

「見よ、雪も氷も知らぬシンドゥラの沃野《よくや》が、おぬしらの前に展《ひろ》がっておる。思うがままに駆けめぐり、奪《うば》いつくせ」

ヒルメスに煽《あお》られたトゥラーン兵たちは、たけだけしい歓声《かんせい》をあげて馬を躍《おど》らせた。狂おしいほどの喜びが、十五日間の労苦を忘れさせた。

シンドゥラにとって災厄《さいやく》のはじまりだった。

II

シンドゥラ国王ラジェンドラ二世は、パルス人には信用がなかったが、自国の民衆には好かれていた。とくに改革などをおこなったわけでもないが、租税《そぜい》も重くはなかったし、地方役人の登用《とうよう》に気をつかったり、善行をおこなった者にほうびを与えたりしたので、農民たちはまずのんびりと生活できたのである。

その平和も、にわかに破られてしまった。畑で冬麦の世話をしていた農民たちは、大地がとどろくのに気づき、おどろいて北の方角を見た。そのときすでに、眼前に砂塵《さじん》がせまっている。

銀色の仮面が、まがまがしい反射光で農民の瞳《ひとみ》を灼《や》いた。シンドゥラ語の悲鳴があがった。それが断ち切られ、農民の首は口を大きく開いたまま宙を飛んだ。

血なまぐさいあいさつだった。不幸な農民の首とともに、シンドゥラの田園の平和も失われたのである。正体不明の侵掠者《しんりゃくしゃ》たちは、逃げまどう農民をつぎつぎと刃《やいば》にかけ、火矢を放って農家を焼き、さらに麦畑にも火を放った。炎《ほのお》と黒煙《こくえん》が宙に立ちのぼる。近くの村に駐屯《ちゅうとん》していたシンドゥラ軍の兵士五百人がそれを見て駆けつけた。異様な仮面の兵団に出会って彼らはおどろいたが、かつてトゥラーン軍を見たことのある兵士が隊長に報告していった。

「あの騎馬《きば》の動き、騎射《きしゃ》の技《わざ》、さらには馬上の剣技《けんぎ》。どれを見てもトゥラーン人としか思えませぬ」

「トゥラーン人がなぜチュルクから出撃《しゅつげき》してくるのだ。何かのまちがいだろう。もっとよくたしかめてみろ」

疑惑がシンドゥラ軍の混乱をさらに強めた。仮面兵団は容赦《ようしゃ》なく彼らにおそいかかり、殺し、火を放った。五百人のシンドゥラ軍は全滅した。大半は戦死し、一部の者は降伏《こうふく》を申し出たが、相手にされず、殺されてしまった。負傷して倒れている者はそのまま放置され、結局は出血や傷の化膿《かのう》によって死んでいった。助かったのは三人だけで、彼らは必死に逃げまわって、チャンバという城市《まち》にたどりつき、おそるべき侵掠者について報告した。

チャンバの城司《じょうし》はパルーという老人である。彼は文官で、租税を集めるのと裁判とが仕事であった。戦闘指揮などできる人ではない。とりあえず守備隊長に八百人の兵をひきいて出動させたが、たちまち全滅の報がもたらされて腰をぬかした。城門を閉ざしてたてこもればよかったのだが、農民たちを城内に収容するかどうか決断がつかぬうち、城内に乱入されてしまった。パルー老人は城壁《じょうへき》から地上へ突き落とされて死に、城内は殺戮《さつりく》と掠奪《りゃくだつ》にみたされた。

仮面兵団の行動は寒冷地の疾風《しっぷう》を思わせる。すばやく、猛々《たけだけ》しく、剽悍《ひょうかん》をきわめていた。しかも掠奪者としては貪欲《どんよく》で、残忍でもあった。ある大商人は両手の指に合計二十個も高価な指環《ゆびわ》をはめていたが、それが讐《あだ》となった。掠奪者たちが引きあげた後、両手首を切断された彼の死体が屋敷で発見されたのである。

シンドゥラの将軍アラヴァリは、二千の騎兵《きへい》と一万五千の歩兵をひきい、仮面兵団と正面から激突した。必死の戦いであったが、ほとんど一撃でシンドゥラ軍は粉砕《ふんさい》されてしまった。アラヴァリが陣を布《し》き、さてどう戦おうかと考えるうちに、仮面兵団は想像を絶する速さで殺到《さっとう》し、歩兵を馬蹄《ばてい》で蹴散《けち》らした。あわてて出動した騎兵は、一騎あたり三騎の敵に包囲され、乗馬を槍《やり》で刺《さ》された。人馬もろとも横転したところを、突きおろされた槍でつらぬかれる。千を算《かぞ》える間もなく、シンドゥラ軍は血と砂のなかに解体されてしまい、アラヴァリはかろうじて戦場を離脱した。

勝利した仮面兵団の兵士たちは掠奪に夢中になった。そのおかげでアラヴァリは助かったのである。惨敗《ざんぱい》したアラヴァリは、そのまま国都ウライユールに逃げ帰ることもできず、ひそかに戦場にもどって仮面兵団のようすをうかがった。仮面の兵士たちはチャンバ城の内外で掠奪をつづけていたが、兵士たちの間でたがいに争いがおこり、味方どうし剣をぬいてにらみあうありさまだった。

「そのとき、おそろしい光景を目撃《もくげき》いたしました」

と、アラヴァリはラジェンドラ王に報告した。ひときわ豪奢《ごうしゃ》な刺繍《ししゅう》いりのマントをまとった銀仮面の騎士が、掠奪者の群のなかに馬を乗りいれると、両腕に財宝をかかえこんだ別の銀仮面の前に立ちはだかったのだ。一言もいわず、一言もいわせず、長剣がうなりをあげて水平に走った。仮面をつけたままの首が青空へと舞いあがり、回転しながら地に落下する。すさまじいほどの手練《しゅれん》に、アラヴァリは胆《きも》をひやした。

「氷の鞭《むち》でなぐられたかのように、仮面の兵士どもは規律と秩序を回復いたしました」

掠奪された財宝と物資は一か所にまとめて積みあげられた。その半分は牛車に積みこまれ、残る半分は兵士たちに分配された。異議をとなえる者はひとりもいなかった。見ているだけで、その人物の統率力をアラヴァリは思い知らされたのである。

「なるほど、おそるべき奴だな」

ラジェンドラはうなった。話を聞くだけで充分に想像できる。仮面兵団の総帥《そうすい》はきわめて厳格な人物であるらしい。ラジェンドラとしては、単なる盗賊《とうぞく》集団ではない、と、気を引きしめねばならなかった。

「で、そやつはやはりトゥラーン人なのだろうな」

「あるいはチュルク人かもしれませぬが、確《しか》とはわかりかねます」

アラヴァリはヒルメスの声を聴《き》いていなかったので、確実なことはいえなかった。ラジエンドラは首をかしげた。

「だがトゥラーン人がなぜチュルクの国境から出てくるのだ。まさかチュルク全土がトゥラーン人に支配されたわけでもあるまい」

逆か、と、ラジェンドラは結論づけた。おそらくチュルク国がトゥラーン人を使ってシンドゥラを混乱させようとしているのであろう。

「昔《むかし》の友誼《ゆうぎ》を忘れおって。かつて三か国で協力し、パルスを滅ぼしてやろうとした仲ではないか。それが矛《ほこ》を逆《さか》しまにして、わが国を襲《おそ》うとは何ごとだ。どうせなら初心《しょしん》に帰ってパルスを襲えばよいものを」

かなり勝手な言分《いいぶん》だが、とにかくラジェンドラは事の真相をほぼ見ぬいた。まさか仮面軍団の総帥がパルスの旧王族であるとまではわからなかったが、全知の神々でない以上、それは当然のことである。想像の限度をこえている。

とりあえずラジェンドラは国都ウライユールの全部隊に出陣の用意を命じたが、その間にも敗報があいついだ。

いかに不愉快であろうとも、仮面兵団の強さをラジェンドラは認めざるをえなかった。となると、彼の思案《しあん》はひとつのところに落ち着く。強い敵には強い味方をぶつけることだ。ラジェンドラには心の兄弟ともいうべき親友がおり、その麾下《きか》にはたぐいまれな勇将や智《ち》将《しょう》が名をつらねているのである。

三人の美しい侍女《じじょ》に手つだわせて甲冑《かっちゅう》を着こみながら、ラジェンドラは書記官を呼び、アルスラーンへの手紙を口述《こうじゅつ》したのだった。

パルスにむけて急使を派遣すると同時に、ラジェンドラはチュルクに対しても使者を送った。「チュルク国境より出現した武装集団が、わが国を劫掠《ごうりゃく》している。貴国はこの件について無関係か」と詰問《きつもん》するためである。

いかに事態が見えすいていても、この使者は送っておく必要があるのだった。チュルク国は「そのようなことはない、あずかり知らぬことだ」と返答するに決まっている。だがその返答を得ておけば、仮面兵団をどのようにあつかおうとシンドゥラがわの勝手ということになるのだ。それが外交というものであった。

ラジェンドラが送った使者は、だが、チュルク国王カルハナに対面することができなかった。国境をこえようとして行方《ゆくえ》不明になったのである。不幸な使者はチュルク軍につかまり、カルハナ王の指示でひそかに殺されて埋《う》められたのだ。チュルク国王カルハナのほうでも、使者に会って言質《げんち》をとられることを好まなかったのである。

ラジェンドラ二世の手紙がアルスラーンの手もとにとどいたのは一月半ばであった。新年祭も終わり、パルスは春をむかえる準備にはいったところである。かくしてアルスラーンは、軍師ナルサスらと相談し、シンドゥラ救援軍を編成することになったのだった。

「やれやれ、やはり陛下《へいか》はご出陣あそばすか」

「それが陛下のご性格よ。しかたあるまい」

「しかし、シンドゥラ国からは領土の二、三州ぐらい謝礼にもらってもよさそうな気がするぞ」

「もらったところで、あとがこわいわ。まったく、シンドゥラ国王など、さっさと見すてておしまいになればよいものを」

ザラーヴァント卿とイスファーン卿などはそう語りあったものだ。だが、ナルサスにいわせれば、アルスラーンに見すてられたらラジェンドラはさっさと敵に寝返るにちがいない。仮面兵団にむかって「わが国よりパルスを劫掠したらどうだ。何なら手伝うぞ」ぐらいのことはいいかねない男である。それにこの際、チュルクに一撃を与えて、カルハナ王の正体をたしかめておく必要もあった。

一方、国王不在の間に、王都エクバターナで何者かが騒乱をおこす可能性もある。ナルサスはそう考えていた。平時の政務は宰相《フラマータール》ルーシャンが担当し、非常のときは大将軍《エーラーン》キシュワードが指揮をとる。キシュワードの補佐としてはザラーヴァント。これで万全のはずだが、大事がおこったときの手筈《てはず》もナルサスは充分にととのえていた。

「火種《ひだね》をくすぶらせておくよりも、いったん燃えあがらせたほうが消火しやすい。いっそ火事をおこさせたほうがいいかもしれんな」

ナルサス自身はそう語るのだが、彼の親友はすなおに解釈しなかった。

「騒動がなければ、わざわざ引きおこしてでも騒動を楽しみたいというのが、おぬしの本心だろうが」

「誤解もはなはだしい。おれは平和と芸術をこよなく愛する文化人だ。おぬしなどにはわかるまいが、天上なる神々は、かならずやおれを嘉《よみ》したもうだろう」

「神々にも言分《いいぶん》があると思うが」

黒衣の騎士が皮肉《ひにく》るのを無視して、ナルサスは打つべき策《て》をすべて打った。

シンドゥラ救援軍の兵数は二万だが、兵士も馬もえりすぐりである。従軍する将も、ナルサス、ダリューン、ギーヴ、ファランギース、エラム、アルフリード、ジャスワント、イスファーンと信頼できる者をそろえた。メルレインは遊軍として残る。ことにメルレインはゾット族の精鋭をひきいて、自分の判断で行動できる貴重な人材だった。

ギーヴ、エラム、ジャスワント、それにメルレインはチュルクの地理に通じている。外交の使者というものは、同時に敵地偵察の任務をおびるのが当然だ。それを承知の上で、相手の国はさまざまに偽《にせ》の情報を流したりする。外交はつねに情報合戦でもあるのだ。

ジャスワントにとっては、母国を無法な掠奪者から守る戦いでもある。はりきって出陣の準備をすすめた。アルフリードもエラムと何やら言い争いをしながら、兵士をそろえ、馬を選び、矢の数を確認し、武具をととのえる。鷹《シャヒーン》の告死天使《アズライール》も、アルスラーンのそばにあって、嘴《くちばし》で羽毛をととのえていた。

ただひとり、はりきっていない男がいた。流浪《るろう》の楽士である。ギーヴはチュルクへ行くのをしぶった。春が来るまで、エクバターナの都でぬくぬくとして時間をつぶしていたいのである。

「あんな国に二度と行くものか。ギーヴさまが出かけていくような価値はない」

ギーヴは先だってのチュルク行で、ただひとりの美女にも会えなかったことを根に持っているのである。そのことをエラムから聞いて、アルスラーンは笑い、髪をかきあげながら冗談をいった。

「チュルク国に美女がいないはずはない。ギーヴ卿が来るというので、みな扉《とびら》を閉ざし、息をひそめて隠れていたのだろうよ」

「そうだろうと私も思います。でも、とにかくギーヴ卿は従軍をことわるつもりのようでございますよ。エクバターナの妓館《ぎかん》で春まですごす気と見えます」

「そいつは残念だ。同行できずに、ファランギースがさびしがるだろう」

さりげないアルスラーンの口調であったが、効果は絶大だった。国王《シャーオ》の発言をエラムから聞かされたギーヴは、とびあがって従軍の準備をはじめたのだ。「陛下《へいか》は何と悪知恵《わるぢえ》がたくましくなられた」とぼやきながら。

III

トゥラーンの野を駆けるパルス軍は、何者にもさえぎられることがなかった。まさしくナルサスの洞察したとおりである。トゥラーンの平原には河や湖沼《こしょう》も散在しており、それらが騎馬の行動をはばむこともある。だが厳寒《げんかん》のため河や湖沼も凍結しており、パルス軍は氷上を駆けて前進することができた。

わずか十日間でパルス軍は広大なトゥラーン領を通過し、南方に重畳《ちょうじょう》たる銀色の山岳地帯を見出《みいだ》した。いよいよチュルク領にせまったのである。

「トゥラーン人は影すらろくに見せませんでしたな」

ダリューンはいったが、アルスラーンはトゥラーン人のことを気にした。攻撃されると思ったのではない。荒涼《こうりょう》たる冬の野を見て、トゥラーン人の窮状《きゅうじょう》が気の毒になったのだ。

「老病幼弱《ろうびょうようじゃく》の者たちが飢えるのは、あまりに気の毒だ。予備の糧食《りょうしょく》をわけてやるわけにはいかないか」

アルスラーンの指示に背《そむ》いたことのないダリューンが、今回はすぐに「はい」とはいわなかった。

「おそれながら、陛下、それは一時の情《なさ》けと申すもの。しかも情けが仇《あだ》となるかもしれませぬ」

ダリューンは気をまわしたのである。トゥラーンの弱者たちを救うのはよいが、後日《ごじつ》、それが原因となり、かえって彼らがこまる立場におかれるのではないか。また、誇り高いトゥラーン人は、あわれみを受けたことを侮辱《ぶじょく》と感じ、かえって攻撃してくるかもしれぬ。そこまでいかなくとも、受けとるのをこばむかもしれなかった。

「弱者に対する憐《あわ》れみは、人の情としてもっとも貴《とうと》いものでございます。おとめはいたしません」

そういったのはナルサスである。

「ただし、このナルサスは狡猾《こうかつ》でございますから、陛下のご好意を有効に利用したく存じます。どうせ彼らに糧食をお与えになるのでしたら、彼らにトゥラーン領の通行料を支払うという形をおとりください」

そうしておけばトゥラーン人も受けとりやすいだろう、というのがナルサスの意見であった。ダリューンが小首をかしげた。

「それでも受けとらなければどうする？」

「それは先方の勝手。善意がかならず通じるとはかぎらぬし、先方には善意の押しつけをこばむ権利がある。まあ、いまは陛下の御心《みこころ》を生かす方途《みち》を考えよう」

ナルサスは多量の薬品を用意させている。風土の異なる地域で水を飲むゆえに、水を濾《ろ》過《か》するための道具も必要だった。胃腸の薬。凍傷《とうしょう》をふせぐための塗《ぬ》り薬。強風と砂塵《さじん》とにそなえた眼薬。そして、「ひえきった身体《からだ》を内部から温めるための薬」、つまり葡萄酒《ナビード》がもっとも多量にそろえてあるのだった。

これらの薬もそえて、ナルサスは、路傍《ろぼう》に天幕を張らせ、そのなかに食糧をおいた。「これらの品物は貴国の領土を過通させてもらう代価である」とパルス語の手紙も残した。

トゥラーン人は他人から恵まれることを好まない。力と勇気とで相手から奪いとることこそ、トゥラーン人の本懐《ほんかい》である。だが現実に、冬をむかえて食糧はとぼしく、はるばるチュルクへと出かけた男たちもすぐには帰ってこない。残された女や子供、老人、傷病《しょうびょう》者《しや》では、完全武装のパルス軍に対抗することはできなかった。どうすることもできず、彼らはパルス軍を見送ることしかできなかったが、天幕に残された食糧でどうやら冬をこすことができそうであった。

トゥラーン人であるジムサ将軍は、この件に関しては何ひとつ語らなかった。胸中《きようちゆう》さまざまな思いがあったにちがいないが。

緋色《ひいろ》の残光のただなかをパルス軍は南下していく。彼らの甲冑《かつちゆう》と刀槍《とうそう》が硬《かた》いきらめきを発し、夜にさきがけて星の群が地上に舞いおりたかのようであった。

チュルクの北方国境を守っていた兵は三千人ていどであった。まさかこの時機に北方からの侵入を受けようとは思ってもいない。形ばかり警備をおこなうだけですっかり油断していた。

パルス軍が国境を突破したのは夜明け直後である。チュルク兵も夜の間はそれなりに注意しているが、朝の最初の光が地上にさしこむと、「やれやれ、今夜も無事にすぎた」と安心し、望楼から宿舎へと引きあげてしまうのだ。朝食の後にはまた望楼にもどるのだが、その一瞬にしてやられた。ジムサのひきいる百人の兵が関門の壁をこえて侵入し、内側から門の扉をあけてしまったのだ。あとはほとんど戦いにもならなかった。

パルス軍侵攻の報を受けて、国都ヘラートにいるカルハナ王は愕然《がくぜん》とした。

「北から来るとはな。パルスの孺子《こぞう》め、なかなかやりおる」

そう口にするまで長い時間が必要だった。

それにしてもカルハナ王が疑問に思うのは、パルス軍が地理に精通していることであった。トゥラーンとチュルクとの国境地帯を、道にも迷わず、一挙に踏破してくるとは、信じられないことだ。

むろんそれはトゥラーンの若き勇将であったジムサが、パルス全軍を先導したからである。それにはカルハナ王は思いいたらなかった。自分がシンドゥラ侵略のためにパルス人やトゥラーン人を利用しているのだが、他人がそうするとはなかなか気づかないものだ。

カルハナ王は屋上の書斎《しょさい》から謁見室《えっけんしつ》へと降りていった。召集された書記官や将軍たちの低いざわめきが聴《き》こえる。歩きながらカルハナ王は思案をめぐらせつづけた。

「パルスの小せがれは、すくなくとも骨惜《ほねお》しみはせぬ奴であるようだ。トゥラーンとチュルクの両国を縦断してシンドゥラにはいるとは。うかつには対処できぬ」

アルスラーンの行程は、パルスの距離単位で四百ファルサング（約二千キロ）にもおよぶであろう。季節は冬のさなか、場所は異国、いくつも不利な条件をかかえながら、パルス軍の行動速度は驚異的なものがあった。明日にでもヘラートの谷へ侵入してくるかもしれず、国王の部下たちは動揺を隠しきれない。

「陛下、どういたしましょうか」

「何とぞご命令を」

書記官や将軍たちが口々に国王の指示を求める。カルハナ王は黒檀《こくたん》の机にチュルク全土の地図をひろげた。ヘラートの谷間と外界とをつなぐ六本の峠道《とうげみち》を、つぎつぎと指先でおさえる。

「峠の関門を閉ざせ。谷にひとりもパルス兵をいれてはならぬ。すべての関門に守備兵を五千ずつ増やせ。パルス軍の動きを監視し、どんな小さなことでも報告せよ」

カルハナ王の指示はこまかく、徹底していた。あわただしく将軍たちが去ると、カルハナ王は黒々とした顎鬚《あごひげ》を片手でつかみながら、さらに地図をにらんだ。さまざまな思案《しあん》が彼の脳裏をよぎっているようである。

「ナルサス卿か、そうか、あの男が……」

カルハナ王は舌打ちした。彼がまだ副王であったころ、チュルクはシンドゥラ、トゥラーンの両国と同盟を結び、大挙してパルスへ侵攻したことがある。総兵力は五十万。さすが強兵のパルス軍も対抗できぬと見えたのだが、ナルサスとやらいう無名の若者がパルス軍に参陣したと思うと、数日後には三か国同盟軍は解体してしまった。彼らはパルスの神々を呪いながら、それぞれの国へと敗走していくはめになったのである。

その敗戦からチュルクの国内は混乱し、その渦中を泳ぎぬいたカルハナが王権をかためることになったわけだ。きわめて影響の大きなできごとだったのである。カルハナとしては、ナルサスの名を意識せざるをえなかった。用心すべきであった。現在、パルス軍はヘラートの東方の道を南下しているが、西方の防備を薄くすれば、それに乗じられるかもしれない。カルハナ王はあらゆる方角の守りをかためた。

たちまちヘラートと周辺の谷間は、巨大な岩石の城壁にかこまれた要塞《ようさい》と化した。文字どおりの難攻不落であり、無敵パルス軍の猛攻を幾年もささえることが可能であろう。ただし、パルス軍が侵入することもできぬかわり、チュルク軍が出戦《しゅっせん》するのもむずかしい。本来それはそれでかまわないのだ。チュルク軍は谷にたてこもり、敵が攻略を断念して引きあげるまで、ただ待っていればよい。だが今回それではカルハナ王の気がすまなかった。

カルハナ王の治世は安定しているが、それも彼が生きている間だけのことだ。さだまった後継者がおらず、王の権限を分担する者もいない。カルハナ王は有能で猜疑心《さいぎしん》の強い独裁者であった。彼は宰相《さいしょう》を置かず、彼自身が宰相の職務をとりおこなった。内政、外交、軍事、裁判から宮廷内の事務にいたるまで、すべてを彼ひとりで統轄《とうかつ》し、専門の役人たちに指示を下した。

国王たる者が後継者をはっきりとさだめないのは、候補者が幾人かいて選択に迷う、という場合がほとんどである。五年ほど前のシンドゥラ国がそうであった。だが、カルハナ王はちがう。そもそも彼は候補者をつくらないのだ。彼には何人もの妃がいたが、とくに誰かひとりを寵愛《ちょうあい》することはなかった。子供も十人いたが、どういうわけかすべて娘で、息子がいなかった。最年長の娘もまだ十五歳で未婚だった。おそらくこの長女が結婚すれば、その花婿が王位継承の第一候補となるのだろう。そう宮廷の人々は噂《うわさ》したが、カルハナ王自身はいっこうに自分の本心を明らかにしなかった。

カルハナ王があらためて出戦の指示を出したとき、文官も武官も易々《いい》として服従したが、ただひとり異議をとなえた者がいる。

「パルス軍の目的はヘラートを陥《おと》すことではございませぬ。仮面兵団を撃《う》ち、シンドゥラ国を危機から救うことこそ彼らの目的でございます。このまま道を閉ざして谷間にたてこもっていれば、パルス軍は去って南に向かいます。それをわざわざ戦いをいどむ必要がありましょうか」

そう主張したのは、カルハナの従弟《いとこ》にあたる貴族で、カドフィセス卿という人物であった。じろりとカルハナ王は従弟を見た。

「だがこのまま手をつかねて傍観《ぼうかん》しておれば、ヒルメス王子は後背《こうはい》をつかれ、仮面兵団は全滅してしまうぞ」

「よいではございませぬか。どのみち帰るに家なき異国の流浪者《るろうしゃ》ども」

冷然と、カドフィセスは言い放った。

「彼らの背後にわがチュルク国がいると知られれば、まずいことになります。パルス軍の手を借りて消してしまうがよろしいかと」

「おぬしは国王にはなれぬな、カドフィセス」

相手よりさらに冷たい口調で、カルハナ王は決めつけた。

「ここでヒルメス卿を見すてるようなことになれば、どこの国の者もチュルクに協力しなくなるだろう。利用されただけで捨てられる、ということになれば、誰が力を貸すか。信義を守ることこそ、王者の義務なのだ」

カルハナ王は、いささか不正直であった。彼がヒルメスを見すてない理由は、信義のためだけではない。これは大陸全土に覇をとなえるための第一歩なのだ。一時的な不利にひるんで国内に閉じこもるようなことでは、カルハナ王の野心が実現するはずがなかった。

チュルク国とシンドゥラ国との境界には、五万のチュルク軍が展開している。パルス軍が東方に進撃を開始したら、一挙に南下してパルス軍の後方を遮断《しゃだん》する予定であった。パルスの軍師ナルサスが見ぬいていたとおりである。この五万は、北方国境を警備していた三千の兵と、数もちがえば質もちがう。カルハナ王が大陸全土の覇権を賭けていた軍隊だ。えりすぐりの精鋭であり、装備もよい。この軍隊に対して、カルハナ王は国都ヘラートから命令を下した。南下するパルス軍を迎え撃ち、これを全滅させよ、と。

こうして両軍はチュルク南方国境で激突する。「ザラフリク峠の戦い」である。

Ⅳ

チュルク軍五万は街道をふさぐ形で密集陣形をとっている。街道の幅は、パルス風にいえば二十ガズ（約二十メートル）ほどだ。そこにチュルク兵が長《ちょう》槍《そう》と盾《たて》をかまえてひしめきあっている。一ガズは一メートル。左右にひろがることができぬ分、その陣形は厚くて深い。パルス軍が斬りこんでも、あとからあとから槍と盾の壁が立ちふさがり、突破はとうてい不可能であろうと思われた。両軍は百五十ガズほどの距離をおいてにらみあった。

チュルク軍の陣頭に、ドラーニーという将軍が馬を乗り出す。

「僭王《せんおう》の汚れた手から餌《えさ》をもらって尻尾《しっぽ》をふるパルスの犬どもよ。無法にもわが国の境を侵《おか》して何を求めるか!?」

馬上からそうパルス軍を罵倒《ばとう》したチュルクの将軍は、不用意な発言を後悔《こうかい》するだけの時間を与えられなかった。馬上、弓に矢をつがえたファランギースが陣頭に乗り出すと、無言のまま弦《つる》を鳴らした。銀色の閃光《せんこう》がチュルク軍にむけて走ったと見ると、ドラーニー将軍の姿は馬上からもんどりうっていた。矢は彼の鼻の下に命中したのである。

一瞬、チュルク軍は重い沈黙に落ちこんだ。ファランギースの神技にどぎもをぬかれたこともある。だが同時に、はなはだまずいことに気がついたのだった。冬、風は北から吹く。しかも山道は北風の通路となって、大気の流れに強さと勢いを加えるのだ。つまり北に位置するパルス軍の矢は、強烈な風に乗って、より遠くにとどく。それに対して、南に位置するチュルク軍の矢は、風に吹きもどされて、とても敵陣にとどかない。

「こいつはまずい」

チュルク軍はあわてた。矢戦《やいくさ》のことを考えるなら、最初から南に布陣《ふじん》すべきではなかったのだ。だが、もともとその場所にいて、南下するパルス軍を迎え撃つよう命令を受けたのだから、どうすることもできなかった。

「見てのとおりじゃ。敵は密集しておる。射ればかならずあたるぞ。射よ！」

ファランギースの声が風に乗ってひびくと、パルス軍はいっせいに歓呼《かんこ》をあげ、チュルク軍にむけて矢をあびせた。死の烈風《れっぷう》がチュルク軍におそいかかった。盾の蔭《かげ》に身をひそめて、チュルク軍は矢をふせごうとしたが、上方から降りそそぐ矢はふせげぬ。盾をあげれば、今度は足もとをねらわれる。

「ええい、何たることだ。ひとまず後退して陣列をたてなおせ！」

チュルク軍を指揮する将軍は、主将がシングといい、彼のもとにドグラー、デオ、プラヤーグ、シカンダルといった人物がいる。いずれも経験ゆたかな闘将たちだが、冬の烈風を人知によって喰いとめるのは不可能であった。ろくに抵抗もできぬまま、一方的に矢をあびせられ、人馬を倒されていく。

「退《ひ》け、退《ひ》け！」

号令する声も風に吹きちぎられてしまう。何しろ大蛇のように長い陣形だから、命令を伝達するのも容易ではない。前方の部隊はさがろうとする。後方の部隊はどんどん進んでくる。味方どうしがぶつかりあい、揉《も》みあって大混雑となった。

「落ちつけ、静まれ、乱れるな」

必死に命じる将軍たちの鼻が、異様な臭気《しゅうき》をかぎとった。烈風に乗って矢が飛来する。それにまじって奇妙なものが飛んできた。黒い球形のものが赤い炎の尾をひきながら何百も飛んでくるのだ。チュルク兵の間に落ちると、それはぼんと音をたてて弾《はじ》け、黒い煙と、胸の悪くなるような刺激的な臭いを大量にまきちらした。硫黄《いおう》と泥炭《でいたん》と毒草の粉末《ふんまつ》をこねあわせた球だった。

ふせぎようもなく、チュルク軍はさらに後退した。硫黄の煙はチュルク兵の目や鼻や咽《の》喉《ど》を容赦《ようしゃ》なく痛めつける。彼らは涙《なみだ》を流し、くしゃみを放ち、たてつづけに咳《せき》をし、戦うことなどできなくなった。

この日の戦いが終わったとき、チュルク軍の戦死者は五千をかぞえた。パルス軍のほうは負傷者が二十名ほどで、ひとりの戦死者も出なかった。これほど一方的な戦いは、大陸公路周辺諸国の歴史上、かつてないことである。

かろうじてチュルク軍は撤収《てつしゆう》し、街道をふさぐ防寨《ぼうさい》のなかに引きあげた。木の杭《くい》を三重に地に植えたもので、パルス騎兵《きへい》の突進《とつしん》をはばむ構造になっている。ここにひきこもったシングは諸将《しよしよう》を集めて天幕のなかで作戦会議を開いた。

「このまま、に、しておく、ものか、パルス人、どもめ、思い知ら、せてくれ、るぞ」

シングの台詞《せりふ》がやたらと途中で切れるのは、くしゃみや咳がはさまるからであった。迫力に欠けることおびただしい。

「まったくでござる。彼奴《きやつ》らの悪辣《あくらつ》で卑劣《ひれつ》な戦法、けっして赦《ゆる》せません」

そう応じるドグラーは煙で目をやられて、涙がとまらない。ミスル国産の麻《あさ》で織られた手巾《ハンカチ》はすでに重く濡《ぬ》れている。チュルクの将軍たちは真剣そのものなのだが、パルス人たちが見れば、さぞ意地悪く笑いものにしたことであろう。プラヤーグは煙で鼻の粘膜《ねんまく》をやられ、鼻血と鼻水がかわるがわる出てきてとまらないので、地面に山羊《やぎ》の皮をしいて、あおむけに寝ている。鼻で呼吸できないので口を大きくあけたままだ。チュルク屈指《くっし》の勇将も、こうなっては気の毒なものであった。

自分たちのぶざまさがよくわかるだけにチュルク人の怒《いか》りは激しい。

「とにかく、われらはパルス人どもに負けてはおらんのだ」

「そうだ、そうだ」

「負けるどころか、戦ってもおらん」

「まともに戦えば、彼奴《きやっ》らごときにおくれをとるものか」

「おうさ、彼奴らの屍体《したい》で谷を埋めつくしてくれるわ。見ておるがいい」

くしゃみと鼻水と咳をまじえながら気炎《きえん》をあげたが、現実は厳しいものであった。戦意はおとろえていないが、さてどうやって「悪辣《あくらつ》で卑劣《ひれつ》なパルス人ども」に思い知らせてやるか。地の利を完全に失っているだけに、チュルク軍の反撃はむずかしかった。

「カルハナ陛下《へいか》は敗北をお赦《ゆる》しにならぬ御方《おかた》じゃ。ゴラーブ将軍の最期を、おぬしらもよく知っておろう」

シングの声が重い。昨年、パルスとシンドゥラの連合部隊に敗れ、捕虜《ほりょ》となったゴラーブ将軍は、階段宮殿の一室で処刑された。戦死者の遺族である少年たちの手で殺されたのである。ゴラーブ将軍の遺体には八十か所もの刀傷があったといわれた。チュルクの将軍たちは臆病《おくびょう》ではなかったが、ゴラーブの処刑のようすを聞いたときには慄然《りつぜん》として青ざめたのだった。そのような死にかたをするくらいなら、敵の刃《やいば》にかかって戦場で果てたほうが、はるかにましであった。

「夜襲《やしゅう》はどうであろう」

充血した目をこすりながら、デオが提案した。パルス軍は犠牲《ぎせい》なく勝って、油断しているであろうと思われる。チュルク軍は風下にいて、不利なことばかりのようだが、利点もある。かなりの物音をたてても風上には聴《き》こえないということだ。今夜いますぐ、えりすぐった兵士をパルス軍の陣営に忍びよらせ、夜襲をかけるべきではないか。

「よい考えのようだが、パルス軍にもそなえはあろう。簡単にはいくまい」

「といって、夜明けまで待っていても、どうしようもないぞ。今日と同じ策《て》でやられるだけのことだ。先手を打つ以外にあるまいが」

「わかった、たしかにそのとおりだ。夜襲して敵の国王を討ちとればすべては終わる」

議は決した。シングが立ちあがり、指令を発しようとしたとき、彼の左半面がいきなり赤く染まった。一瞬の間をおいて、チュルク語の絶叫がわきおこった。

「火攻《ひぜ》めだ。パルス軍だあ！」

将軍たちは飛びあがって剣をつかんだ。天幕から外へ走り出る。

火と闇に追われて、チュルク軍は逃げまどっていた。三重の杭は燃えあがり、ごうごうと音をたてながらチュルク軍に火の粉を振りまいてくる。そのむこうから、数百数千の火矢が射こまれてきた。夜空の星は、光を地上の火にかき消されてしまい、さらに煙がかさなって、明るいか暗いかさえ判然としない。

三重の杭が炎のなかにくずれ落ちた。チュルク軍とパルス軍とをへだてていた防寨《ぼうさい》が消えた。一段と強い風がチュルク軍をたたき、火の粉が舞いくるい、煙が渦《うず》をまいた。そして夜風のとどろきにかさなるのは、疾走する馬の蹄《ひづめ》のひびきである。

「あわてるな！　槍先《やりさき》をそろえてパルス軍の馬を突き刺せ。そうすればパルス騎兵《きへい》など恐《おそ》れるにたりんぞ！」

シング将軍の指示は的確だったが、兵士たちは誰もそれを聞いていなかった。ほどなく混乱のなかで、シカンダル将軍がパルスの黒衣の騎士に一槍《ひとやり》で討ちとられた、という報告がもたらされた。

「むむ……この上はやむをえぬ。いったんここを退《しりぞ》いてシンドゥラの国内にはいりこむのだ。彼《か》の地で軍を再建し、あらためてパルス人どもに復讐戦《ふくしゅうせん》を挑《いど》もうぞ」

シング将軍の決断に、チュルク兵たちは咳とくしゃみで応じた。彼らはなだれをうって、死と敗北の淵から逃げだした。半数は、武器も持たずに逃げだしたのだ。味方を突きとばし、押しのけ倒れる者を踏みつけ、ひたすら自分ひとり助かろうとする。勇気も義侠心《ぎきょうしん》も、介入《かいにゅう》する余地はなかった。ただ逃げ走るチュルク兵の背に、炎と煙が追いすがり、パルス軍の容赦《ようしゃ》ない刃《やいば》と矢が突き刺さる。

夜明けの到来《とうらい》とともに、追撃戦はひとまず終わった。炎と混戦のなかで、パルス軍は五十名ほどの戦死者を出した。だがチュルク軍の戦死者はその二百倍にのぼった。かろうじてシンドゥラ領へ逃げのびたチュルク兵は三万五千。武器や食糧を放棄し、戦力は半減したといってよい。

馬上、アルスラーンは煙のただよう戦場を見まわり、将兵の労をねぎらった。

「最初からすべてナルサスの作戦どおりに事が運んだな」

何年つきあっていても、アルスラーンは、ナルサスの智謀《ちぼう》に感歎《かんたん》せずにいられなかった。ヘラートに閉じこもったままのカルハナ王を、ナルサスは完全に手玉にとったのである。カルハナ王がパルス軍のチュルク領通過をだまって見すごすはずはないこと。すでに配置されているシンドゥラ国境方面の兵が迎撃にまわされるであろうこと。すべてを彼は読みとっていた。

「アルスラーンの半月形」がナルサスによって立案され、正確に実行されたとき、パルス軍の勝利はすでに約束されていたのだ。ナルサスの凄《すご》みはそこにある。そうアルスラーンは思う。戦闘開始のときには、ナルサスはすでに勝っているのだ。

「カルハナ王も曲者《くせもの》でございます。自軍が不利な状況にあることを、すぐに理解いたしましょう。あるいは、すでに行動をおこしているやもしれませぬ」

「彼はどうするだろう、ナルサス？」

「たとえば、そうですな……」

ナルサスは例をあげた。ザラフリク付近のような地形で有利に戦うには、風を味方につけねばならない。パルス軍がやったように、風上から矢と火を放つ。その戦法を生かすには北から攻めるべきだ。カルハナ王はヘラートの谷を守る関門のうち、北のひとつを開き、そこから街道を急速南下してパルス軍の後背《こうはい》を突くであろう。

「危険なことになるな。ナルサスはどのように対抗するつもりだ」

「陛下には、どのようにお考えですか」

ナルサスの反問に、アルスラーンは馬上ですこし考えた。

「峡谷《きょうこく》の烈風に抵抗する術《すべ》はないな。第一、チュルク領は通過するだけの土地だ。われわれもさっさとシンドゥラ領へ行くとしよう」

「陛下はご賢明《けんめい》にあそばします」

笑ってナルサスは一礼し、これでパルス軍の方針はさだまった。ダリューンがいう。

「ただ、シンドゥラ領にはいると、すぐまたチュルク軍と戦うことになりそうだな」

「彼らも不運なことだ」

ナルサスの笑いは、こんどは辛辣《しんらつ》である。チュルク軍は食糧をすてて逃げた。ようやく逃げこんだシンドゥラ領は、すでに仮面兵団によって掠奪しつくされている。チュルク軍三万五千は食糧を得る術もなく、飢えに苦しむこととなろう。軍師はお見とおしであった。

V

敗報を受けたカルハナ王は、階段宮殿の屋上庭園から、遠い地上めがけて銀の酒杯《しゆはい》をたたきつけたという。またしても敗将《はいしよう》の幾人《いくにん》かが罪を問われることになりそうであった。

チュルク軍の抵抗を一蹴《いつしゆう》したパルス軍は、すばらしい速度で南下をつづけていた。空中を舞う鷹《たか》が、地上の獲物めがけて一直線におそいかかるようであった。カルハナ王が敗報を受けたとき、すでにパルス軍の先陣はシンドゥラ領内に達しているものと思われた。

カルハナ王は、いつまでも敗戦を口惜《くや》しがっているわけにいかなかった。彼は決断をせまられたのである。このまま難攻不落のヘラートの谷にたてこもり、パルス軍が完全にシンドゥラへ去るまで息をひそめているか。それとも、ふたたび軍を動かして、南下するパルス軍の背後から襲いかかるか。

ヘラートの谷には、無傷のチュルク軍十二万五千がいる。北方トゥラーンに対する防備はもはや不要であるから、すぐにでも十万以上の兵を動かすことができるのだった。

「このままにしてはおけんな」

書斎《しょさい》の隅《すみ》におかれた獅子の青銅像を片手でなでながら、カルハナ王はつぶやいた。彼は臣下や人民に愛されてはいないが、畏怖《いふ》されている。厳格だが有能な独裁者だと信じられているのだ。ザラフリクでの敗戦をそのままにしておけば、カルハナ王に対する畏怖がゆらぐ。そうなれば当然、王の地位にひびいてくるのだ。

「パルス軍に敗れた。しかもチュルクの国土を縦断されたあげくのことだ。軍隊もなさけないが、国王も無策すぎるではないか」

そのようなささやきが宮廷の内外に流れる。そのありさまをカルハナ王は想像することができた。国王を侮辱《ぶじょく》するような輩《やから》は、とらえて舌を切ってやればよいが、そうなる以前に策《て》を打っておく必要がある。

カルハナ王は考えこんだが、それも長い時間のことではなかった。彼は卓上の銅鈴《どうれい》を鳴らして侍従《じじゅう》を呼び、カドフィセス卿を呼ぶよう命じた。カドフィセスは、パルス軍に対する攻撃をさしひかえるよう、カルハナ王に進言した貴族である。いつもはヘラートを離れて領地の館で暮らしているが、年に一度だけ都に出てくる。国王に贈物《おくりもの》をしたり、他の貴族たちと交際したり、異国の商人から高価な品物を買ったり、法律や土地や税に関する問題を処理したりするのだ。これが典型的なチュルクの地方貴族としての生活であった。

カドフィセスがやってきて床《ゆか》にひざまずくと、カルハナ王が先に声をかけた。

「おぬしにはいつもよい贈物をもらっているな。感謝するぞ」

「いたみいります、陛下」

カドフィセスはカルハナ王にとって最年少の叔父《おじ》の末息子《すえむすこ》である。従弟《いとこ》といっても、父子《おやこ》ほどに年齢が離れている。カドフィセスは三十歳をすぎたばかりで、国王と同じくらい背が高く、眉と、ととのえた口髭《くちひげ》はやや茶色っぽい。チュルク貴族社会で一番の伊達《だて》男《おとこ》といわれる。昨年、パルスからの使者には会う機会がなかった。会っていれば、ギーヴとおたがいに嫌いあうことになったであろう。

チュルク国内にカルハナ王を恐れぬ者がいるとすれば、おそらくこのカドフィセスだけであるにちがいない。誰もがカルハナ王の命令にしたがうのに懸命《けんめい》だが、カドフィセスはちがう。礼儀はきちんと守るが、ときとしてぬけぬけと異議をとなえるのだ。だからこそ、パルス軍に対して攻撃をかけることにも反対したのである。

カルハナ王は相手を立ちあがらせた。

「率直に尋《き》く。チュルクの王位がほしいか、カドフィセス」

率直すぎる問いかけであった。うかつな答えかたをすれば首が飛ぶにちがいない。カドフィセスは慎重に答えた。

「できれば、ほしゅうございますな。ただ……」

「ただ？」

「そのために努力しようとは思いませぬ。何もせず、先方から声がかかるのを待つ。これが女をものにするこつでございます」

カドフィセスは笑った。冗談にまぎらわせようとしたのだが、カルハナ王は冷たくそれを無視した。

「おぬしには情婦《じょうふ》がおるな。五人であったか、六人であったか」

「よくご存じで。五人でございます。それが何か？」

「身辺を整理しておけ。国王の長女を、情婦持ちの男に嫁《とつ》がせるわけにはいかぬ」

カドフィセスは表情を晦《くら》ませた。王の長女を娶《めと》るということは、王位継承者に指名する、ということであろうか。すくなくとも、有力な候補となるのはまちがいない。もともと国王の一族で、しかも年齢もちょうどよいのだ。

さらにカドフィセスはカルハナ王の長女の姿を思い浮かべた。彼女の容姿は父親によく似ていた。背が高く、色が青黒く、骨ばった顔だちで、つまり美女ではなかった。才能や性格についてはよく知らないが、王座が持参金だとすれば、顔にこだわることはない。だが単純には喜べなかった。この話には、どこか危ないところがあるぞ、と、カドフィセスは思った。彼は従兄《いとこ》の性格をかなりよく知っていた。カルハナ王はけっして暴君ではないが、冷酷で、権力に対する欲望と執着《しゅうじゃく》が強すぎるということを。

「ただし、おぬしの器量を見せてもらいたい。その結果、予の期待にこたえてくれたら、この上ない報賞《ほうしょう》を与えよう」

試験をするというのである。そら来たぞ、と、カドフィセスは内心でかるく身がまえた。彼の心理に気づかぬようすで――あるいは気づかぬふりで、カルハナ王は長い鬚《ひげ》をしごいた。

「憎むべきパルス人どもは、わが国土を人もなげに縦断し、どうやらシンドゥラ領内へはいったようじゃ。去るにまかせておいてもよいが、奴《やつ》らに懲罰《ちょうばつ》の鞭《むち》をくれてやらねば、チュルクの威信《いしん》にかかわる」

「陛下ご自身の威信でございましょう」

とは口にせず、カドフィセスはうやうやしい沈黙を守った。カルハナ王は言葉をつづけた。

「そこでおぬしに命じる。これよりシンドゥラにおもむき、兵をひきいてパルス人どもを討ち滅ぼせ。その勝利を、予は長女とともに心から祝福させてもらおう」

カドフィセスは唾《つば》をのみこんだ。

「これは公式のご命令ですか」

「そうじゃ、勅命《ちょくめい》じゃ」

「勅命とあらばつつしんでお受けいたしますが……」

用心はしながらも、カドフィセスはいわずにいられなかった。

「これからまたあらたに大軍を編成し、補給をととのえてシンドゥラまで遠征するのは、国庫《こっこ》にとって大いなる負担になりはしませぬか」

「予の言葉をよく聞かなかったらしいな、カドフィセスよ」

「は……？」

「兵をひきいてシンドゥラに行け、とは、予はいわなかったぞ。シンドゥラにおもむいた後に兵をひきいよ、というたのだ」

カドフィセスは国王の真意をつかみそこねた。彼はカルハナ王の表情をさぐったが、予想もせぬ言葉が彼に降りかかってきた。

「シング将軍は無策にもパルス人どものために敗れ、シンドゥラ領内へと追い落とされた。だが敗れたとはいえ、なお三、四万の兵力はあるはず。おぬしは総大将となって彼らをまとめ、パルス軍と戦うのだ」

カドフィセスは声もなく立ちつくした。さらにカルハナ王は命じた。

「あらたな一兵も必要ない。明日にでもシンドゥラへ発《た》ち、シングらと合流せよ」

カドフィセスが才能を発揮してチュルクの敗軍をまとめ、パルス軍を撃破すれば、むろんそれでよい。その逆に、カドフィセスが失敗すれば、シングらとともにパルス軍の手で殺されるだけのことであり、粛清《しゅくせい》する手間がはぶける。カドフィセスが勝利をえて凱旋《がいせん》し、英雄としてまつりあげられ、カルハナ王の地位をおびやかすようなことになれば、そのときあらためてカドフィセスを処断すればよいのだ。万が一、カドフィセスが使命の重さに耐えられず逃亡したとすれば、王位に近い有力者が減るだけのことである。どう転んでもカルハナ王の損にはならぬ。

よくもたくらんだものだ。だが、そうそう思うとおりに事は運ばぬぞ。そちらがそう計算するのなら、こちらはべつの計算をさせてもらう。後日になって悔いぬことだ。

心のつぶやきを外には出さず、あらためてカドフィセスは床《ゆか》にひざまずいた。

「正直、なかなかにきついご命令と存じます。ですが臣下として否《いな》やのあろうはずはございませぬ。ただちにシンドゥラへおもむき、微力をつくして陛下のお役に立ちたく存じます」

こうなってはヘラートに長居は無用である。ぐずぐずしていれば、勅命にしたがわぬ罪で罰を受けるであろう。もはや貴族としての安泰な生活とは縁を切らねばならなかった。

ひざまずくカドフィセスの姿を見て、カルハナ王は鋭い両眼を細めた。針のような眼光が、カドフィセスの姿に突き刺さった。やがてカルハナ王は口の両端をゆっくりとつりあげた。

「心から期待しておるぞ、わが忠実な従弟よ」

……こうしてチュルク貴族カドフィセス卿は、パルス軍より五日おくれてシンドゥラの地を踏むことになったのである。

第二章　旌旗流転

I

この年三月、シンドゥラ国の西北地方では、招かれもせぬ異国の客人たちが何組もうろつきまわることになった。南国シンドゥラは、夏の暑熱《しょねつ》はたいそう厳しく、「生の卵をシンドゥラ人の汗にひたすと、たちまちゆで卵になる」と異国人たちはいう。そのかわり冬は涼《すず》しく、野は花と緑にみち、市場には果物《くだもの》と野菜があふれる。木蔭で昼寝する子供と水牛の姿が、いたるところで目につく。トゥラーンやチュルクの厳しい冬にくらべれば、楽園かと思われるほどだ。

だからといって、異国からの客人たちは、避寒《ひかん》のためにシンドゥラを訪問したわけではなかった。まず仮面をかぶった奇怪《きかい》な騎馬《きば》集団が村々を荒らしまわる。それをシンドゥラ軍が追いかける。その後へ、三万五千のチュルク軍がやってきた。彼らも掠奪《りゃくだつ》したいのだが、仮面兵団が荒らしまわったあとには一粒の麦も残らない。腹だちまぎれに村々に火を放って去る。そして最後にパルス軍だ。これはいままでの軍隊とちがって、掠奪をはたらかなかった。

シング将軍らのチュルク軍が遺棄していった食糧は、パルス軍の手でシンドゥラの民衆に分配された。分配を受けた民衆はよろこび、パルス軍にむかって手を振ってくれる。だがそれにもかぎりがあるし、自分たちの分までわけてやるわけにもいかない。

「よくもこれだけ荒らしていったものだ。軍隊ではなく、盗賊集団だな」

焼きはらわれた畑や村をながめながら、アルスラーンは、仮面兵団に対する怒りがつのるのを感じた。それにしても、軍隊が進むところ民衆が苦しむというのなら、軍隊とは何のために存在するのだろう。

いっぽう、パルス軍と北風とのために故国から追い出されたチュルク軍三万五千は、まだ幸運の女神の裳裾《もすそ》につかまることができなかった。彼らは仮面兵団の後を追うようにシンドゥラの野を行軍していったが、行く先々の町も村も仮面兵団に根こそぎ掠奪されており、食糧も財宝もチュルク軍の手にはいらなかった。彼らは、自分たちを追ってきたパルス軍が民衆に食糧を分配していると知って腹をたてた。

「悪辣《あくらつ》なパルス人どもめ。わざとらしくシンドゥラの農民どもに食糧をばらまいて人気とりするとは。もともとおれたちの食糧ではないか」

幾重にも腹のたつことだが、チュルク軍はどうすることもできない。三万五千という人数は大兵力ではあるが、武器と食糧が不充分《ふじゅうぶん》なので、数字どおりの実力を発揮するのはむずかしかった。しかも数字そのものが減少している。空腹をかかえた兵士たちは、前途にもあまり希望がない。軍律を守る意志も弱くなる。五十人、百人と集団をつくって軍を脱走し、近くの町や村をおそうようになった。

シンドゥラの農民たちも、一方的にやられてばかりはいない。たがいに連絡をとって、チュルク兵に反撃するようになった。百人のチュルク兵も、手づくりの棍棒《こんぼう》や槍《やり》を持った千人の農民には勝てない。戦って追いつめられたところへ、シンドゥラの正規軍が駆けつけ、チュルク兵を討ちとるのだった。侵入され掠奪された怨《うら》みがあるから、チュルク兵は降伏しても助けてはもらえなかった。こういったことがくりかえされ、チュルク軍は三千人の兵士を失った。

「これはいかん。このままでは全軍が解体し、シンドゥラの土に溶《と》けてしまう。何とかせねば」

シングをはじめとするチュルク軍はあせった。考えついたのは、どこかの城を占拠して、そこにたてこもろう、ということである。城壁と食糧があれば、シンドゥラ軍の攻撃をささえることもできるし、チュルクの本国や仮面兵団と連絡をとることもできるだろう。もともとチュルク軍は、しっかりした本拠地にたてこもって、そこを拠点に行動するという傾向が強かった。国都ヘラートの地形が、彼らの心理に影響を与えているのかもしれない。

シングはまず全軍の秩序をたてなおした。現状に不満を持ち、集団脱走をたくらんでいた兵士たちを百人ほどとらえ、公開処刑した。さすがに声をのむ全軍に対し、シングは命令した。この近くにコートカプラという城市がある。三日のうちにこの城を攻略して本拠地とする。それができなければ、チュルク軍は全員が異国の土と化すしかないのだ、と。

残りすくない食糧が、全軍に分配された。分配された食糧を持って逃げだそうとした者もいたが、ことごとく斬《き》られた。こうなると、将軍も士官も兵士も、「生か死か」の覚悟を決めるしかない。

こうして、三万の死兵《しへい》がコートカプラ城に攻めかかった。城には一万五千の兵と五万の民衆がいた。城壁をたよりに、門を閉ざし、たてこもって国都ウライユールからの援軍を待つ、という戦法をとった。当然の戦法だったが、死兵となったチュルク軍の勢いはすさまじかった。

城壁上からは、地上のチュルク兵めがけて矢の豪雨《ごうう》が降りそそぐ。チュルク軍は、山羊《やぎ》の皮を張った盾《たて》をかざしてそれをふせぎ、城門の扉《とびら》を斧《おの》や鎚《つち》で破壊《はかい》した。扉の一部が裂けると、そこから槍を突きこんでシンドゥラ兵を刺す、という激烈さだった。倒れた味方の死体を盾にして、チュルク兵はなおも前進し、執念《しゅうねん》ぶかく扉をこわしつづけた。

三日めの夜明け前、コートカプラ城は陥落《かんらく》した。城壁をたよりに援軍を待っていたシンドゥラ軍は、「まさか、まさか」と思っているうちに、敗北してしまったのだ。破壊された扉から、チュルク軍は城内に乱入し、兵士も民衆も見さかいなしにシンドゥラ人を斬り殺した。城司《じょうし》のパルバーニ将軍は全身に四十余の刀傷を受けて戦死した。副城司のナワダはシングと剣をまじえ、二十余合の撃ちあいの末に斬り殺された。

チュルク軍は二千人ほどの男女を人質として監禁《かんきん》し、残りの者はすべて城外に追いだした。こうして三万のチュルク兵は城と食糧を手にいれ、力を回復したのである。

シングはただちに仮面兵団に使者を送り、自分たちと合流するよう命じた。

五日かかって、使者は、先行する仮面兵団に追いついた。一方的な命令を受けとって、ヒルメスは腹をたてた。

トゥラーン軍の強みは、あくまでも、騎馬《きば》の機動力を生かした野戦《やせん》にある。城を攻めるのは苦手で、城を守るのはさらに苦手である。したがってヒルメスとしては、「風のごとく襲来し、風のごとく去る」戦法をくりかえしてシンドゥラ軍を翻弄《ほんろう》するつもりであった。そして最終的な野外決戦で、シンドゥラ軍を潰滅《かいめつ》させればよい。

それなのに、チュルク軍は使者をよこして、「ともにコートカプラ城にたてこもれ」という。ヒルメスにとっては意外であり、迷惑な話でもあった。仮面兵団は予定どおりに行動し、成果をあげている。いまさら予定を変更する必要を、ヒルメスは認めなかった。まして、ヒルメスはチュルク国王の客将であり、シング将軍ごときから命令を受けるいわれはない。

シングの命令を、ヒルメスは無視することにした。だが、じつはそれすら簡単ではなかったのだ。

仮面兵団には五十人だけチュルク人がいる。カルハナ王より軍監《ターリキー》として派遣された将軍イパムと、その直属の部下たちである。軍監はカルハナ王の代理として、仮面兵団の功《こう》績《せき》を記録し報告するのだが、副将でもなければ参謀《さんぼう》でもない。作戦指揮や統率について口を差しはさむ権利はないのである。そうカルハナ王はヒルメスに明言《めいげん》し、ヒルメスは軍監たちを受けいれたのだ。

「だが小人《しょうじん》とはしかたのないものだ」

ヒルメスが舌打ちを禁じえなくなるほど、軍監たちの態度は傲慢《ごうまん》をきわめた。国王の威《い》を借りていばりちらし、掠奪品《りゃくだつひん》の半分を当然のごとく召しあげる。しかもどうやら、カルハナ王に上納《じょうのう》すべき掠奪品の一部を、自分たちの懐《ふところ》におさめているらしい。そう告《つ》げたのは、ブルハーンという若い部下であった。パルス国王アルスラーンにつかえるジムサ将軍の弟である。

「軍監《ターリキー》どものふるまい、われらトゥラーン人のなかで憎まぬ者はおりませぬ」

ブルハーンのいうとおりであった。

「あやつらの態度にはがまんならぬ。吾々《われわれ》はチュルク国王の家来《けらい》のそのまた家来というわけではないぞ」

「あやつらから銅貨一枚もらっているわけではない。おれたちのほうこそ、あやつらに掠奪品の半分をわけてやっているのだ」

「いまに見ておれ、思い知らせてくれるぞ」

そうささやきあうトゥラーン人たちであった。

掠奪した財貨の半分は、チュルク国王に献上《けんじょう》する。それが当初からの約束であって、トゥラーン人たちも納得していたのだが、「よいほうの半分」を当然のごとく取りあげられ、感謝の言葉すらない、とあっては、おもしろいはずがなかった。軍監《ターリキー》たちは、激しい戦闘のさなかには後方にいるくせに、掠奪となると前にしゃしゃり出てくるのである。チュルク人にも言分《いいぶん》はあるのだろうが、トゥラーン人から見れば、じつに面憎《つらにく》い。敵であるシンドゥラ人より憎いほどであった。

「敵といえば、さて、おれはあのアルスラーンめを憎んでいるのだろうか」

ヒルメスは自問《じもん》する。かつてはたしかに憎んでいた。ただ殺すだけではとうてい満足できず、爪《つめ》を抜《ぬ》き、指を斬り落とし、生皮を剝《は》ぎとり、瀕死《ひんし》の状態になったところを猛獣《もうじゅう》の生餌《いきえ》としてやろうとさえ考えていた。その後、アルスラーンがアンドラゴラス三世の実子ではないと判明し、ヒルメス自身の境遇の変化もあって、憎しみは行き場を失っていたのだ。

「だが奴《やつ》が王家の血を引いておらぬことにはちがいない。奴はいわば簒奪者《さんだつしゃ》であり、僭王《せんおう》なのだ。おれこそが正統の王者として、パルスに君臨すべきではないか」

ヒルメスに弱みがあるとすれば、三年余前に、アルスラーンの王位継承を認めてしまったことであった。口に出して公然と認めたわけではないが、アルスラーンを王都エクバターナに残して、ヒルメスは祖国を立ち去ってしまったのだから、結果としてそうなるのだ。

「アルスラーンめが失政《しっせい》、暴政をおこなったときには、おれが救国の王者となれるはずだ。あるいはそれ以前に機会が生まれることもあろう」

そうヒルメスが考えているとき、ブルハーンが彼のもとに来て、客人があることを告げた。口調がにがにがしげである。客人とはチュルクの軍監《ターリキー》イパムであった。

II

「これはイパム卿、わざわざのおこしとは、何ぞ重大な御用でもおありか」

「聞きずてならぬ話を耳にいたしましてな、ヒルメス殿下」

言葉の上では礼儀ただしいが、イパムの表情も口調も傲然《ごうぜん》としている。彼にとってヒルメスは「国王のいそうろう」にすぎないし、トゥラーン人たちは食うにもこまった流亡《るぼう》の民にすぎなかった。イパムの平板《へいばん》な顔、小さい狡猾《こうかつ》そうな目などを見ると、ヒルメスはうんざりする。なぜこのような人物を、カルハナ王は軍監《ターリキー》として選んだのか。あるていどヒルメスにはわかっている。カルハナ王は猜疑心《さいぎしん》が強いので、部下に有能さより一方的な服従を要求するのだ。

「シング将軍から使者が来たそうでござるな」

うなずいて、ヒルメスは事情を説明した。

「で、イパム卿のご意見は？」

「申しあげてよろしゅうござるかな」

「むろんでござる」

心のこもらないやりとりの後、イパムは意見をのべた。ヒルメスの予想どおりである。一日も早くコートカプラ城のチュルク軍と合流し、シング将軍の指揮下にはいれ、というのであった。ヒルメスは、チュルク宮廷《きゅうてい》内の人物関係図を思いうかべた。たしかシングの妹がイパムの妻になっていたはずである。

わざとらしくヒルメスは質問した。

「われらがコートカプラ城におもむいてチュルク軍と合流すれば、どのような軍事上の意義があるとおおせかな」

「申すまでもないこと。両軍が合流すれば四万をこす大兵力となる。それがコートカプラ城に拠《よ》って勢威をふるえば、シンドゥラ国王は慄《ふる》えあがるでござろう」

ヒルメスがだまっていると、イパムは一歩すすみでた。銀仮面の表面に息を吐《は》きかけるほど近づいて、さらに合流を主張する。いわせるだけいわせておいて、冷然とヒルメスは拒否《きょひ》した。

「コートカプラ城へは行かぬ」

「な、何とおおせある、ヒルメス殿下」

「行かぬと申したのだ。城壁のなかに閉じこもるトゥラーン兵などを誰が恐れようか。四方の街道を封鎖《ふうさ》して、城内の食糧がつきるのを待てばよい。このヒルメスがシンドゥラ軍の総帥であれば、かならずそうする」

「………！」

「そして、飢《う》えに耐えかねて出撃してきたところを、押しつつんで鏖殺《おうさつ》する。このさきシンドゥラはしだいに暑くなり、籠城《ろうじょう》の条件は一日ごとに悪くなる。イパム卿が、戦友たちのことをご心配なら、使者を送って告げるがよろしかろう。さっさと城をすて、チュルクへ逃げのびよ、と」

イパムは大きく息をすいこんだ。

「ではヒルメス殿下はこれからどうなさるおつもりか」

「知れたこと。チュルクにもどる」

あっさりとヒルメスはいってのける。

「シンドゥラ西北部を劫掠《ごうりゃく》するという目的は、すでに果たした。騎馬の利を生かして、シンドゥラ軍を引きずりまわしもした。これ以上、この国にとどまる理由はない」

ヒルメスは立ちあがった。

「コートカプラ城にたてこもるのは、シング将軍らの勝手。カルハナ王より直接のご命令があれば別だが、われらがシング将軍の一方的な指示にしたがう義務はない。それとも、チュルクでは国王の命令より一将軍の勝手な指示が重んじられるのか」

ようやくイパムは声をしぼりだした。

「ゆ、友軍を見すてて……」

「友軍!?」

仮面ごしの苛烈《かれつ》な眼光をあびて、イパムはたじろいだ。ヒルメスは怒声《どせい》の鞭《むち》でイパムをなぐりつけた。

「味方を不利にみちびくのが友軍のやることか！　敵の領土内を、使者が無事にここまでたどりついた。その意味を考えてみたらどうだ」

「意味とは……」

うわごとのようにイパムはうめいたが、もはやヒルメスは彼を相手にしなかった。踵《きびす》を返して自分の乗馬に歩みよりながら、大きく声をあげる。

「ブルハーン！　ドルグ！　クトルミシュ！」

名を呼ばれた三人の幹部《かんぶ》がヒルメスの御前《ごぜん》に駆けつけ、地に片ひざをついた。ドルグとクトルミシュはすでに初老の年齢だが、歴戦の勇者で、兵士たちの信望もあつい。三名とも仮面をかぶっており、彼らがヒルメスの前でかしこまる光景は、イパムの目には異様なものに映った。

「ただちに宿営を引きはらう。ご親切なチュルクの将軍たちが、わざわざシンドゥラ軍のために、われらの所在を探しあててくれたわ」

ヒルメスがいうと、三人はいっせいにイパムのほうを見た。イパムはぞっとしたが、同時に、ヒルメスが激怒した理由をさとった。コートカプラ城からの使者をひそかに追跡すれば、シンドゥラ軍は仮面部隊の居場所を知ることができるのだ。チュルク軍の行ないは、まことに不注意というしかなかった。

ラジェンドラ二世は軍をひきいて、すでに国都ウライユールから出発していた。兵は三万、騎兵と戦車兵が主力で、五十頭の戦象《せんぞう》も加わっている。出発前も出発後も、ラジェンドラは敵に関する情報を集めた。そして、名前こそ不明だが、ヒルメスの絶対的な存在を知ったのである。

その人物さえ討ちとれば、仮面兵団は統制を失い、単なる掠奪者《りゃくだつしゃ》の群と化す。シンドゥラ軍がヒルメスを討ちとろうと企図《きと》したのは当然であった。だが、百人ほどもいる銀仮面の男たちのなかで、いったいどれが「その人物」なのか。

「ひときわ豪奢《ごうしゃ》な刺繍《ししゅう》いりのマント」を身に着けている、と、アラヴァリ将軍は証言したが、マントなどぬいでしまえばそれまでのことである。ラジェンドラは、慎重《しんちょう》に仮面兵団のようすをさぐらせていた。コートカプラ城からの使者を発見しながら、ラジェンドラは、途中でつかまえて殺したりしなかった。それも、仮面兵団がコートカプラ城へおもむくところを完全包囲して全滅させるつもりだったからだ。誰が総大将かわからないのなら、とにかく仮面をつけた人物をすべて殺してしまえばよいのである。

だが仮面兵団の行動は迅速《じんそく》だった。間一髪《かんいっぱつ》で、ラジェンドラは敵をとり逃がしてしまった。天幕は空《から》で、土づくりの炉《ろ》には熱い灰が残されていた。

「とり逃がしたか、残念！」

ラジェンドラは天をあおいでくやしがった。白馬にまたがる彼に、馬を近づけた者がいる。パルスの宮廷につかえるジャスワントだった。

「ご心配にはおよびませぬぞ、ラジェンドラ陛下」

ジャスワントは声を張りあげた。彼はアルスラーンの命令を受け、ラジェンドラと連絡をとるために先発《せんぱつ》してきたのである。

「わが主君、アルスラーン陛下におかれましては、すでに大軍を統率あそばし、すぐ近くまでいらしております。チュルク軍ごときを恐れる必要はございませぬぞ」

ジャスワントは自分の任務をこころえていた。ただシンドゥラ軍と連絡をとるだけでなく、ラジェンドラ王の動向《どうこう》を監視《かんし》せねばならぬ。むろん、あからさまに監視すればきらわれるから、パルス軍との約束を守るほうが得《とく》だぞ、と、思わせねばならない。

「軍師ナルサス卿が申されますには、仮面兵団の前方に立ちふさがってはならぬ、とのことでございます」

そんなことをすれば、仮面兵団は必死になって戦う。味方の損害が大きくなるばかりだ。

「後方にまわりこみ、コートカプラ城方面へ追いこむこそ上策《じょうさく》であろう。それが軍師のご意見でございました」

「ふむ、わかった」

ラジェンドラはうなずいた。コートカプラ城に敵が集中すれば、シンドゥラ軍としても対処しやすくなる。城にたてこもる人数が増えれば、食糧が減るのが早まる。ラジェンドラはけっして無能ではないから、ナルサスの作戦を、すぐに理解した。

いずれにせよ、仮面兵団がどちらへ逃げたか、たしかめておく必要がある。ラジェンドラは進軍を停止し、斥候《せっこう》を放った。彼がアルスラーンと軍を合流させたのは半日後のことである。

アルスラーンの後方にひかえたアルフリードとエラムが会話をかわしている。

「援軍が遅れれば、ラジェンドラ王が掌《てのひら》を返す恐れがあったものね。いそがなきゃ、どんなことになったか」

「しかも彼《か》の御仁ときたら、掌を返すことにかけては名人芸。大陸公路に並ぶ者がないときているからなあ」

「口をつつしめ。シンドゥラ国王陛下のおでましだ」

ダリューンがたしなめたので、アルフリードとエラムは肩をすくめた。シンドゥラ国王の悪口をいうときには、気があうふたりである。

「おう、アルスラーンどの、わが心の兄弟よ。親友の危機によく駆けつけてくれた」

白馬をかるく走らせてアルスラーンに近づくと、ラジェンドラは両手で若いパルス国王《シャーオ》の両手をにぎった。顔じゅうに感謝と喜びがあふれている。これはけっして表面だけの演技ではない。パルス軍最精鋭《さいせいえい》の二万が来援《らいえん》してくれたのは、じつにありがたいことだった。口先だけのお礼ですむなら、なおありがたいというものである。

若いパルス国王の左右にひかえるダリューンとナルサスの姿に、ラジェンドラは気づき、陽気にあいさつした。パルスきっての雄将《ゆうしょう》と智将《ちしょう》は、せいぜい礼を失せぬようあいさつを返した。

「まったく軍師どのの雄略は見あげたものだ」

大声で賞賛してから、ラジェンドラはすこし声を低めた。

「だがすこしばかりもったいないな」

「とおっしゃると？　ラジェンドラどの」

「いやさ、アルスラーンどの、こういうわけだ。今回、トゥラーン領を通過して北からチュルクを縦断し、シンドゥラ領内にはいるとは、まことに史上に例を見ぬ壮挙《そうきょ》。舌を巻くしかないが、ただ、惜しいことに、この策は二度は使えまい」

さかしげにラジェンドラがナルサスの表情をさぐる。アルスラーンもはっとしてナルサスを見やった。たしかにラジェンドラの指摘《してき》は正しい。まさか北方から進攻されるとはチュルク軍は想像もせず、やすやすと国境を突破《とっぱ》され、国土を縦断されてしまった。だが、この作戦は二度は通用しないであろう。これ以後、チュルク国王カルハナは北方の防備をかため、パルス軍の急速な進攻を許すことはあるまい。とすれば、パルス軍にとっては重大な作戦計画の手のうちをチュルク軍に知られてしまうことになってしまったのではないか。

アルスラーンと同じことを考えたのであろう、ダリューンもナルサスを見つめた。だがナルサスは落ちつきはらって返答した。

「ラジェンドラ陛下のご指摘はごもっとも、さすがに英明《えいめい》の国王《ラージャ》にあらせられる」

ほめあげられて、ラジェンドラはこころよげにうなずいた。

「されど、ご懸念《けねん》にはおよびませぬ。すべてわが主君《きみ》アルスラーン陛下の御意《ぎょい》により、シンドゥラ国の平和と安定を願って考えだしたことでござれば」

「ほう……」

何を恩着せがましいことを、と、ラジェンドラの表情が語っている。おかまいなしにナルサスは話しつづけた。

「わが軍がこの作戦をとった以上、チュルクは今後つねに北方を警戒せねばなりませぬ。全軍をこぞって南方へ向け、シンドゥラ国へ侵攻することは、もはや不可能。チュルク国王の野心には、目に見えぬ楔《くさび》が打ちこまれてござる」

ナルサスは笑顔をつくり、うやうやしく一礼した。

「ラジェンドラ陛下には、まことにおめでたき仕儀《しぎ》に存じあげます」

「う、うむ。すべてアルスラーンどのとパルス軍とのおかげだ」

ラジェンドラは鷹揚《おうよう》に答えたが、どことなく警戒するような光が両眼にちらついた。ナルサスはさらにつづける。

「仮にチュルク国王が、ぜがひでもシンドゥラ国へ全面侵攻するとなれば、わがパルスと修好《しゅうこう》して北方の危険をとりのぞくしかござらぬ」

「………」

「むろん、そんなことはあろうはずがござらぬ。わがパルスが、チュルク軍の南下を見すごすなど。ましてや、チュルク軍の南下に呼応《こおう》してパルス軍が西からシンドゥラへ進攻するなど、けっしてけっして、ありえぬことでござる」

ナルサスの笑顔は、おもいきり意地が悪い。

「ナルサス卿、あまり不吉《ふきつ》なことを申しあげるな」

苦笑まじりにアルスラーンがナルサスの舌鋒《ぜっぽう》を制した。ダイラムの旧領主は、シンドゥラ国王から作戦をけなされて、沈黙しているような人物ではなかったのだ。むろん、ナルサスはラジェンドラをやりこめてそれだけで喜んでいるわけではない。あらゆる状況に対してパルスには対応する術《すべ》がある——そのことをくどいほどラジェンドラに思い知らせておくのは必要なことだった。平和を保《たも》つにしても戦うにしてもである。

「いやいや、あいかわらずパルスの軍師どのは手きびしい」

おおげさにラジェンドラは額《ひたい》の汗をぬぐったのであった。

III

シンドゥラ、パルス両軍の今後の方針について、その場で会議がおこなわれた。結論はすぐに出た。コートカプラ城にたてこもるチュルク軍を、いそいで攻撃する必要はない。

四方の街道を封鎖《ふうさ》して孤立《こりつ》させておけば、あとでゆっくりと料理できる。三万余の人質をとったも同然だから、チュルク国王に対して外交の道具として使うこともできるのだ。

「奴らが意地を張るなら、勝手に餓死《がし》させてやればよいというわけだな」

ここちよさそうにラジェンドラは笑った。国内深くチュルク軍に侵入され、一城を占拠されてしまったわけで、本来なら不名誉なことである。だが、ナルサスの説明を聞いて、ラジェンドラは余裕ができた。

「すると問題は仮面兵団のほうだな」

ラジェンドラの表情がしぶくなる。国王《ラージャ》みずから軍をひきいて仮面兵団を追いまわしてはいるのだが、まだ捕捉《ほそく》することができない。騎兵《きへい》の機動力を最大限に利用して、仮面兵団はシンドゥラ軍を引きずりまわしているのだった。

ナルサスがのんびりした声をだした。

「仮面兵団とやらは精強で軍律きびしく、なかなか強敵のように思われますが、やっていることは盗賊そのもの。両手で持てなくなるまで掠奪のかぎりをつくせば、あとはシンドゥラから退去するだけのことでござる」

「ふん、聞くと簡単なことのように思えるが、奴らの両手は大きくてな。放っておくと、シンドゥラの西北部一帯は、草木もはえぬ砂漠になってしまうわ」

ラジェンドラの口調がにがにがしい。ナルサスとダリューンは視線をあわせた。ラジェンドラが何を望んでいるか、彼らにはわかっている。仮面兵団を西へ西へと追いやり、ついにはカーヴェリー河をこえてパルス領へと追い出してしまいたいのだ。

カーヴェリー河をこえればペシャワールの要塞《ようさい》があり、片目の猛将《もうしょう》クバードが満《まん》を持《じ》してひかえている。前後から仮面兵団を挟撃《きょうげき》し、カーヴェリーの河面《かわも》を血に染めあげることもできるだろう。だが、本気で戦えば、パルス軍の損害も大きくなる。ましてそれをシンドゥラ軍が高みから見物しているとなると、パルス軍にとっては、ばかばかしいかぎりであった。

ではどうするか。ナルサスが口を開こうとしたとき、天幕の入口で話声がした。見張りのジャスワントが顔を出して、エラムとアルフリードの来訪《らいほう》を告《つ》げた。

エラムとアルフリードは、それぞれ百騎の軽騎兵をひきいて街道を見張っていたのだが、北から来る一騎の旅人を発見した。正確には、つれていった鷹《シャヒーン》の告死天使《アズライール》が見つけたのである。エラムらの姿を見て、旅人はあわてて馬首をめぐらそうとしたが、すかさずアルフリードが矢を放った。矢は馬の尻に命中し、おどろいた馬は躍りあがって騎手を放りだした。駆けよったエラムが旅人の咽喉《のど》もとに剣を突きつけ、旅人はとらえられたのである。

「それが、ちょっと奇妙なのでございます」

エラムが語るには、その人物はチュルクの王族と自称しているというのであった。チュルク国王カルハナの従弟《いとこ》でカドフィセスと名乗り、王族としての待遇《たいぐう》を要求しているというのである。

「チュルクの王族がなぜいまごろこんな場所をうろついているのだ」

ダリューンの声に、ラジェンドラが応じる。

「すくなくとも、おれは呼んだおぼえがないぞ」

「王位をめぐる争いに敗れ、女といっしょに逃げてきたが、その女にもすてられた、という筋はどうかな。いまひとつ、うるおいに欠けるが」

勝手に物語をこしらえたのはギーヴである。彼の創作した詩や物語では、たいてい女は幸福になり、男は破滅するのであった。

アルスラーンは天幕を出た。黒い影が空中から落ちてきて、アルスラーンのかかげた左手首にとまった。告死天使《アズライール》はもはや若鳥ではなく、鳥としては壮年《そうねん》になっているが、アルスラーンに甘えかかる姿は三、四年前とすこしも変わらない。アルスラーンは一羽の鳥とふたりの人間の功績《こうせき》をねぎらった。それにしてもカドフィセスとはどんな男だろう。

「その男、使えますな」

策士めいたことをダリューンが口にした。アルスラーンが興味をしめす。

「どういう風に使える？」

「なに、どういう風に使うかは、それがしでなくナルサスの考えること。さぞよい絵図を描《か》いてくれましょう」

その前に、カドフィセスと名乗る男の正体を知っておく必要がある。意外なことをエラムがいった。

「陛下《へいか》、あの男を拷問《ごうもん》しなくてはならないかもしれません」

「拷問？」

「はい、ナルサスさまがあたらしい拷問の方法をお考えになりました」

エラムの表情が、笑いをこらえている。ナルサスは白眼でダリューンを見やって、

「邪推《じゃすい》する者がおりますので申しあげておきますが、芸術を悪用したりはいたしませぬ。ご安心を」

「ナルサスは執念《しゅうねん》ぶかいな」

アルスラーンは笑った。アルスラーンがまだ王位につかず、南方の港町ギランにおもむ

いたとき、海賊《かいぞく》をとらえた。その海賊に自白させるため、ダリューンは、ナルサスに絵を描かれたら魔力《まりよく》で死んでしまう、とおどかしたのである。その件を、ナルサスはどうやら根に持っているらしかった。

カドフィセスは、シンドゥラにやってきた目的も理由も、いっこうに語ろうとしない。王族としての待遇《たいぐう》を要求するばかりである。長いこと時間をかけてもいられないので、ナルサス式の拷問にかけることになった。「王族の名をかたる不とどき者、さっさと白状しろ」というわけである。

上半身を裸《はだか》にされたカドフィセスは虚勢《きよせい》をはっていたが、顔が青ざめ、声がうわずるのを隠しおおせることはできなかった。カドフィセスは両手首を革紐《かわひも》でしばられ、大木の太い枝からつりさげられた。両足の爪先《つまさき》がかろうじて床《ゆか》に着いている。

カドフィセスの前に立ったのはギーヴだった。つまらなそうにカドフィセスを見てつぶやく。

「軍師どのも人が悪い。おれはこの世に生まれてきて、これほど無意味なことをさせられるとは思わなかった」

彼の右手には、孔雀《くじやく》の羽を集めてつくられたホウキがあった。ギーヴはその羽ボウキを動かして、カドフィセスの身体《からだ》をくすぐりはじめたのである。

狂ったような笑声が、パルス軍の陣営にひびきわたった。告死天使《アズライール》がアルスラーンの肩の上で、うんざりしたように頭を振った。アルフリードはそっぽを向いている。

「ひげをはやした男が身もだえなんぞするな。気色悪い」

冷たいことをいいながら、ギーヴは羽を動かしつづけた。

「なるほど、これがナルサス式か」

アルスラーンは苦笑するしかない。長時間、全身をくすぐられるほど苦しいことはめったにない。しかも一滴《いってき》の血も流れることはなく、責められる者は笑いつづけているのだから、見た目には滑稽《こっけい》なのである。カドフィセスは拷問に耐えつつ抗議しようとしたが、

「おのれ（わははは）卑劣《ひれつ》な（うひゃひゃ）パルス人どもめ（ぐははは）こんな（むひひひ）きたない策《て》を（ぶひひひ）使うとは（げひゃひゃひゃ）恥を知れ（ぬばばば）」

というぐあいで、いくら悲壮に抗議しようとしても、かっこうよくはならない。ぶざまなだけである。かなり長い間、カドフィセスは「きたない拷問」に耐えつづけた。だが「卑劣なパルス人ども」は交替でカドフィセスをくすぐりつづけ、ついにチュルクの王族は屈《くっ》伏《ぷく》した。

「しゃ、しゃべるからもうやめてくれ……」

よだれと鼻水を流しながらカドフィセスはあえいだ。彼はチュルク貴族のなかでも指お

りの色事師《いろごとし》であったから、このありさまを見たら、チュルクの女たちはさぞ落胆《らくたん》するであろう。

すべての事情を、カドフィセスは告白した。すこしでも返事がおくれると、たちまち孔雀の羽ボウキがおそってくるから、嘘《うそ》いつわりを考えだす余裕もなかった。告白が終わると、カドフィセスは紐《ひも》を解かれ、衣服を返してもらい、うってかわって鄭重《ていちょう》にあつかわれた。むろん行動の自由はなく、左手首と左足首とを革紐《かわひも》でつながれ、ジャスワントが見張っている。

「なるほど、あの御仁はカルハナ王に体《てい》よく追放されたのか。だが、なぜカルハナ王はそのようなことをしたのだろう。どうころんでも損はしないといっても」

「カルハナ王自身、まだ完全に方針がさだまっておらぬのでございましょう。あるていど事態が動いてから、それに反応するつもりかと思われます」

「カドフィセス卿をどうする、ナルサス？」

「ご案じなく。カドフィセスのほうから何か提案してまいりましょう」

ナルサスの予測どおりだった。

拷問から解放されたカドフィセスは、落ちつきをとりもどすと、自分の未来について考えこんでしまったのだ。もはや他に道はない。このさいパルスとシンドゥラの後押《あとお》しをえて、カルハナ王の地位を奪いとるのだ。そうしなければ異国を流浪《るろう》してみじめな一生を送るだけである。

「私にはチュルクの王位。あなたがたには国境の安定と平和。おたがいにとって悪い話とは思えぬが」

そうカドフィセスは申し出た。きちんと衣服を着て落ちついていると、カドフィセスには王侯《おうこう》らしい気品がある。先ほどまで鼻水をたらして笑い死にかけていた男には見えなかった。

Ⅳ

カドフィセスの申し出を聞いて、首をかしげたのはラジェンドラ王であった。

「カルハナ王のように危険な人物を王座から追い出すことができれば、たしかにめでたい。だが、うますぎる話を調子よく並べたてるような奴《やつ》は油断できぬぞ、アルスラーンどの」

まったくそのとおりだ、と、ダリューンが大きくうなずいた。ナルサスもうなずいたが、彼は「信用」と「利用」とをきちんと区別している。ダリューンがいったとおり、彼は心に絵図を描《か》いていた。そのためにはカドフィセスを有効に利用しなくてはならない。

アルスラーンの許可をえて、ナルサスはカドフィセスと一対一で会った。ナルサスの名を、カドフィセスは知っていた。用心したようだが、用心ばかりしていてもカドフィセスの立場はよくならない。

「パルスの軍師どのよ、仮面兵団とチュルク国王とは、われらにとって共通の敵だ。力をあわせて両方とも滅ぼしてしまおうではないか」

「ではひとつ、おぬしの誠意を証明してもらおう」

ナルサスは話に乗ってみせた。

「仮面兵団を鏖殺《おうさつ》するのに役に立ってもらう。それが成功すれば、パルスとシンドゥラの両国王は、おぬしの同盟者となってくださろうよ」

ナルサスがカドフィセスに指示したのは、仮面兵団をおびきよせる役割であった。カドフィセスは仮面兵団を追って、その総帥《そうすい》に会う。そして「カルハナ王からのご命令」を彼に伝える。「ただちにコートカプラ城へおもむいて、シング将軍らと合流せよ」という命令である。仮面兵団がこの命令にしたがい、コートカプラ城へ急行すれば、その針路に兵を伏せて撃滅する、というのである。

カドフィセスは承知したので、ナルサスはアルスラーンにその件を報告した。

「陛下、カドフィセス卿がこの時機にシンドゥラへやってきた理由をお考えください。表面的に何があろうとも、カルハナ王との間に対立があったことはたしかでございます。それを利用しない策《て》はございません」

アルスラーンは小首をかしげた。

「しかしカルハナ王がカドフィセスに命じて、最初からわれわれを罠《わな》に誘いこもうとしている。その可能性はないか。ナルサスはもう充分、考えたことと思うが」

「陛下のご心配はごもっとも。そのときはまた別の思案がございます」

落ちつきはらっていうと、ナルサスは箱をひとつ取りだした。籐《とう》を編《あ》んでつくられた箱は、外気をよく通し、湿気をとりさるので、文書を保管するのに使われる。蓋《ふた》をあけて、ナルサスは紙の束をとりだした。かなりの量がある。

「いずれもカドフィセス卿に書かせた手紙でございます」

ナルサスは説明した。チュルク文字はアルスラーンには読めないので、ナルサスの説明が必要だった。

一通はカルハナ王にあてた手紙である。内容はこうだ。「自分はシンドゥラにやってきたが、チュルク軍はコートカプラ城で孤立しており、近づくことができない。仮面兵団の指揮権をえてチュルク軍を救出したいが、命令を聞きいれられぬかもしれぬので、国王の直接の許可をいただきたい」というものであった。

「あわせて八通ございます。このうち半数ほどは実際の役に立ちましょう。お見せしたのは一例でございます」

「カドフィセスがどんな手紙を書いたとしても、カルハナ王が信じるかな」

「なに、信じなければ信じないでかまいませぬ。敵が裏をかくつもりで何かしかけてくれば、さらに裏をかくだけのこと。敵が疑い逡巡《しゅんじゅん》して何もせぬなら、こちらは妨害《ぼうがい》されずにすむというもの。どうころんでも損はしませぬ」

ナルサスはとりだした手紙をふたたび箱のなかにもどし、エラムの手にあずけた。策士というより、いたずらこぞうの表情になっている。

「それに、実《じつ》を申しますと、カドフィセスの手紙の内容などどうでもよいのです。一通でなく八通も書かせたのは、カドフィセスに、このうちどれかがかならず使われる、と思いこませるためでござる」

「目的は他にあるというのか。ナルサスらしいな。どんな目的だ?」

「陛下はいかがお考えで?」

ナルサスが問い返す。何かというとナルサスは教師癖をだして、アルスラーンに自分で考えさせようとするのだ。若い国王《シャーオ》はきまじめに考えこみ、やがてあることに気づいた。

「そうか。カドフィセスの書いたものを手にいれること自体が目的なのだな。とすると、筆跡《ひっせき》を知るのがナルサスのねらいか」

「ご明察《めいさつ》」

ナルサスが手をたたいて、できのよい弟子をほめた。

「カドフィセスの筆跡を知っておれば、偽《にせ》の手紙をいくらでもつくれます。ヘラート盆地にこもって動かぬチュルクの穴熊《あなぐま》どのに、すこしいやがらせをしてやりましょう」

チュルクの穴熊。カルハナ王がそう呼ばれるようになったのは、このときからである。

意地悪な口調で、ナルサスはそういったが、すぐに口調をあらためた。

「もうひとつ陛下にうかがいますが、異国に身をおかれて、いまご心配な点は何でございますか」

「私が恐れているのは、カルハナ王がパルス本国を急襲《きゅうしゅう》することだ。チュルク軍が北上してトゥラーン領へはいり、わが軍の進んできた道を逆行して北からパルス領へなだれこんできたら、やっかいだろう。そのときはわれわれもすぐに軍を返し、パルスに帰らねばなるまい」

ダリューンが感心したように若い国王《シャーオ》を見やり、ナルサスは深く一礼してみせた。

「陛下のご賢察《けんさつ》、感服いたしました」

「おだてないでくれ。とっくにナルサスは気づいていたのだろう」

「さようでございますが、私はいわば別格でございますので」

ぬけぬけとナルサスはいい、ダリューンとエラムがちらりと目を見かわした。ひとつせきばらいして、ナルサスが話しつづける。

「チュルク国王カルハナは梟雄《きょうゆう》でございます。まことに油断ならぬ人物ではございますが、恐れる必要はありませぬ。彼はヘラート盆地という難攻不落の本拠地を持っておりますが、それゆえにかえって行動を縛られております」

ナルサスがエラムをかえりみる。アルスラーンの兄弟弟子である若者は、こころえて、天幕のすみに足を運び、チュルクからシンドゥラ北方にかけての地図を大きな箱のなかからとりだした。一同の前に、それがひろげられた。

「カルハナ王に雄志があれば、たしかに、陛下がおっしゃったような行動をとることでございましょう。ですが、仮面兵団の件といい、カドフィセスの件といい、カルハナ王の行動には、あきらかな限界がございます。自分自身は安全なヘラート盆地にたてこもって外に出ず、他人を動かして目的を達しようとするのです」

ナルサスの指先が地図をたたく。

「ゆえに、彼を穴熊と呼んでよろしいでしょう。いかに野望をたくましくしても、失敗すれば巣穴にこもればよいと思っている以上、カルハナ王の陰謀は羽根のない矢も同じ。遠くへは飛びようもありませぬ」

腕を組んだダリューンが無言でうなずく。

「四月も後半になれば、シンドゥラは蒸し暑い夏にはいります。兵士たちにも遠征の疲れが出てまいります。されば、その前にひとまず結着《かた》をつけることにして、まずはコートカプラ城をチュルク軍から奪回いたしましょうか」

さらりとナルサスはいってのけた。コートカプラ城にたてこもる三万の大軍など、いないも同然の口ぶりである。コートカプラ城を奪回することは、軍事よりむしろ政事《まつりごと》の問題であった。ラジェンドラ王にしてみれば、領土の一部を外国の軍勢に占領されたままにしておくのは、いかにもまずい。彼は民衆の人気をだいじにしていたから、いいところを見せておく必要があるのだ。パルス軍にしてみれば、「何であいつの人気とりに、おれたちが生命《いのち》がけで協力してやらねばならんのだ」ということになるが、もともと出兵の目的がラジェンドラ王を応援することにあるのだから、これはしかたがないのであった。

ダリューンとナルサスはアルスラーン王の御前を退出した。並んで歩きながらナルサスが口を開いた。

「さて、仮面兵団の件だが、ヒルメス王子が賢明《けんめい》なら、コートカプラ城のチュルク軍など放っておいて、さっさとチュルクに帰るだろう。カルハナ王からチュルク軍を救うよう命令を受けているわけではないだろうし」

「チュルク軍を助けて貸しをつくっておこう、とは考えないかな」

「そうはなるまい。掠奪《りやくだつ》した物資をかかえたままではこれ以上、戦えぬ」

「そうあってほしいものだな」

仮に戦ってヒルメスを捕虜にでもした日には、むしろパルス人たちのほうが困惑するのだ。ヒルメスは前王朝の血をひく貴人である。ダリューンもナルサスも、前王朝につかえていたのだし、そうでなくてもやはり礼儀を守る必要があった。

ヒルメスが現在のパルス宮廷に敵対してきたとき、どう対処するか。政事の次元でいうなら、解答はひとつしかない。再起の余地がないまでにたたきつぶし、できればあとくされがないよう死を与えることだ。だが。

「アルスラーン陛下は、それができる御方ではない」

ダリューンもナルサスも、そのことを充分に承知している。戦場で剣を手にして出会えば、ダリューンは堂々と戦ってヒルメスを斬るつもりだが、アルスラーンにしてみればさぞ後味《あとあじ》が悪いだろう。ヒルメスが宮廷の貴族におさまり、どこかの荘園《しようえん》でのんびり生活してくれればもっともよいのだが……。

「血統にこだわるというのは、結局、生きる姿勢がうしろむきということなのだ。血統がしめすものは過去の栄光であって未来の可能性ではないからな」

ナルサスはひとつ頭を振り、空を見あげた。ゆっくりと告死天使《アズライール》の黒い影が風の回廊《かいろう》をめぐっている。

「カルハナ王はヘラート盆地という要害のなかに閉じこめられている。ヒルメス王子も、目に見えぬ城壁のなかに自分自身を閉じこめておいでだ。血の呪縛《じゅばく》がなかったら、あの方の人生はもっと前むきのものになったろう」

ダリューンが強い口調で応じた。

「ご不幸な方ではあるが、その城壁に閉じこもるのも、そこから飛び立つのも、ご自分の意思によるだろう。アルスラーン陛下のほうは、ご自分を不幸だと思って甘やかしてはおられぬ。ヒルメス殿下には文武の才能がたしかにおありだが、王者としての姿勢において、アルスラーン陛下の足もとにもおよばん」

「まさしくそのとおりだ、ダリューン」

うなずくナルサスの声に、肩をすくめる気配がある。

「ヒルメス殿下は鋭敏《えいびん》な方だが、たったひとつそれだけがおわかりにならんのだ」

V

ヒルメスひきいる仮面兵団は、シンドゥラ軍の急攻からたくみに逃れ、タリヤムという丘陵地《きゅうりょうち》で一時休息した。ヒルメスは今後のことについてブルハーンの意見を求めた。

むろんヒルメスはブルハーンだけを重用したわけではない。部下に対して公平な態度をとらねば、異国の戦士たちを自在に統御《とうぎょ》できるものではなかった。だからこそ初老のドルグやクトルミシュも重んじているのだ。

「さて、シンドゥラ軍に肩すかしをくわせてはやったが、案の定チュルクの軍監《ターリキー》どもは不平満々だ。チュルクに帰った後、奴《やつ》らがカルハナ王にわれらを讒言《ざんげん》すること、目に見えるな」

若いブルハーンの返答は明快だった。

「そのときは奴らを斬りましょう」

「ほう、軍監《ターリキー》を斬って無事にすむかな」

ヒルメスが視線を動かす。それを受けて、老練なドルグが意見をのべた。

「むしろ斬らぬほうがよろしいかと存じます」

「理由は？」

「あの軍監《ターリキー》どもはチュルク国王に献上《けんじょう》すべき財宝を着服しております。その証拠をにぎり、奴らがわれらに不利な報告をするというときに、それを種にしておどしてやればよいかと。以後われらの役に立ってくれましょう」

「よかろう」

ヒルメスはうなずいたのだったが、この決定はその日のうちにあっさりと変更を余儀《よぎ》なくされた。軍監のイパムが、ブルハーンを呼びとめて、コートカプラ城のチュルク軍を救うよう、しつこく要求したのである。タリヤムの丘陵地からコートカプラ城までは三日の距離であった。義兄であるシングのことを考えると、イパムとしては放っておけなかったのだ。また、帰国してカルハナ王に責任を追及されることもおそろしかったにちがいない。最初はおだやかな話しあいに見えたが、ふたりともしだいに言葉が激しくなっていった。ついにイパムが唇をゆがめてあざけった。

「それほどいやがるとは。さては仮面兵団はシンドゥラ軍には勝ててもパルス軍には勝てぬ、というわけでござるな」

その嘲弄《ちょうろう》には、強烈な効果があった。銀仮面をかぶったブルハーンの両眼がすっと細まった。彼は声をおしころしながら、半歩チュルク人につめよった。

「いま何といった？」

そのいいかたが、さらに事態を悪化させた。イパムはブルハーンより年長だったから、もっとていねいに口をきいたほうがよかったのだ。イパムは胸をそらした。

「おう、何度でもいってやる」

回転しはじめた破局《はきょく》の糸車を、もはや誰にもとどめることはできなかった。イパムの舌は、持主の生命を危険な方向へ押しやりはじめた。イパムとしては、青二才におどされてたまるか、と思ったのだ。彼はゆっくりと、だが毒々しく、パルス語でいいつのった。

「いかにも強者《つわもの》の集団のごとくよそおってはいるが、仮面兵団とやらの正体、あからさまになったわ。シンドゥラ軍の不意をついてかきまわすことはできても、パルス軍と正面から戦うなど、かなわぬ業《わざ》よ」

「………」

「しょせん草原をうろつく盗賊《とうぞく》の群。騎士《きし》としての心などあろうはずもないわ、ふん！」

「きさま！」

怒号《どごう》とともに長剣がひらめいた。イパムは用心していたが、それでもかわすことができなかった。ブルハーンの踏みこみ、抜剣《ばっけん》、斬撃《ざんげき》は同時だった。イパムの左腕は、頸部《けいぶ》をかばうためにはねあがり、つぎの瞬間、にぶい音をたてて地に落ちた。肘《ひじ》のところから、イパムは左腕を斬り落とされたのである。

トゥラーン人たちから毒蛇のようにきらわれていたが、イパムは戦士としてはすぐれた男だった。片腕を斬り落とされながら、苦痛と衝撃に耐えて、なお彼は戦おうとしていた。くるりと身を反転させ、ブルハーンにむきなおったとき、彼の右手に刀があった。

「トゥラーンの青二才め！　きさまなどにおくれをとるおれと思うか」

強烈な突きがブルハーンをおそった。刀を振りまわして斬ろうとしても、片腕を失った身では均衡《きんこう》がくずれる。イパムとしては突くしかなかった。突きの強烈さは、ブルハーンの予測をこえていた。イパムが戦闘力を失った、という思いこみもあったにちがいない。

刀の尖端《せんたん》がまっすぐ伸びて、ブルハーンの銀仮面を突いた。かたいものが割れる音がして、銀仮面が左右に飛んだ。ブルハーンは大きくのけぞって第二撃を避けた。イパムは力つき、刀と右腕を伸ばしたまま、血だまりのなかに倒れ伏した。彼自身がつくった血だまりのなかに。

あらい息をついて、姿勢をたてなおしたブルハーンは、すぐそばに歩みよってきた人影に気づいて息をのんだ。

「銀仮面卿……！」

ブルハーンが地に片ひざをつき、血ぬれた剣を地に突き刺した。最高の敬意をあらわすしぐさであった。ヒメルスは無言のままブルハーンを見おろし、地面でわずかにもがくイパムを見おろした。ヒルメスの軍律の厳格《げんかく》なことは、将兵の全員が知っている。誅戮《ちゅうりく》の刃《やいば》がブルハーンに振りおろされることを誰もが予測した。

ドルグとクトルミシュが、左右から若者をはさむように地にひざまずいた。

「ブルハーンをお赦《ゆる》し下され、銀仮面卿。未熟者のあさはかさ、おのれの感情におぼれて銀仮面卿のお立場に傷をつけてしまい申した。罪は大きゅうございますが、功績によって罪をつぐなわせていただきたく存じます」

ドルグの声に、ヒルメスの冷たい声がかさなった。

「ブルハーン」

「は、はいっ」

「そこでうごめいている男にとどめを刺してやれ。せめてもの慈悲というものだ」

「はっ……」

何ともいいようのない表情をブルハーンがつくると、ヒルメスはさらに命じた。

「軍監《ターリキー》どもを殺しつくせ。コートカプラ城から来た使者も殺せ。死体はすべて埋めて痕《こん》跡《せき》をのこすな」

はじかれたように、ドルグとクトルミシュは立ちあがった。しわがれた声を、ドルグが張りあげた。

「銀仮面卿のご命令だ。チュルク人どもをひとりも生かすな！」

おどろいたトゥラーン人たちだが、たちどころに行動にうつった。チュルク人たちの横暴に対する怒りと憎しみは、爆発するきっかけを待っていたのだ。剣を抜き、槍をかまえて、手近なところにいるチュルク人たちをおそった。仰天したチュルク人たちは、刀を抜いてよく戦ったが、人数に差がありすぎる。五百をかぞえる間に全員が斬り殺され、タリヤムの丘陵地《きゅうりょうち》はチュルク人の血にぬれた。

ドルグとクトルミシュは兵士たちに命じてチュルク人たちの屍体《したい》と武器を窪地《くぼち》に集めさせ、上から土と砂を厚くかぶせた。チュルク人たちがトゥラーン人から召しあげた財宝もとりあげられた。それらの光景を、黙然《もくぜん》とヒルメスは見守った。

この世の光をあびることがなかったわが子のことを、ぼんやりとヒルメスは考えた。無事に生まれていれば、その子は、パルスとマルヤムと、ふたつの王冠を頭上にいただく可能性があったのだ。父はパルスの王族、母はマルヤムの皇女。高貴な血を一身にあつめて生まれるはずの子であった。

ふと疑問がわいた。ヒルメスが軍をひきいて行くべきは、シンドゥラではなくマルヤムではなかったのか。マルヤムを不法に支配するルシタニア軍を撃ちはらい、ヒルメスの旌《せい》旗《き》をそこに高々とひるがえす。それをおこなってこそ、亡き妻イリーナの魂も安らぐのではないか。

かつてヒルメスは生涯をかけて戦うべき敵を見失ってしまったことがある。そのときの衝撃は大きく、ヒルメスは故国であるパルスにいたたまれなくなって、イリーナただひとりをともない、流浪《るろう》の旅路をたどることになったのだ。そのときは、地上の権勢をすてることに、ためらいはなかったのだ。

「おれの旌旗をどこに立てるべきか……」

青地に白く太陽をえがいた仮面兵団の三角旗が、ヒルメスの視線の先に立って、シンドゥラの春風にひるがえっている。

遠慮《えんりよ》がちにヒルメスを呼ぶ声がした。ふりむいたヒルメスの目に、ひざまずくトゥラーン人たちの姿が映った。

「チュルク人ども、ひとりのこらず殺しました。今後のご命令を」

クトルミシュが頭をさげる。血の匂いがヒルメスの鼻をついた。もはやヒルメスにもトゥラーン人にも、帰るべき道はなかった。

VI

コートカプラ城にたてこもったチュルク軍は、不安と焦《い》らだちの日々を送っていた。城を奪取するときには死力をつくして奮戦したのだが、占拠した後には気がぬけてしまう。安全な城壁と、百日分ほどの食糧を手にいれてひと安心し、あらためて周囲を見わたすと、いささか心ぼそい状態であることに気がつくのだ。城壁のなかには三万の味方がいるが、城壁の外は敵ばかりである。

シング、プラヤーグ、デオ、ドグラーらの将軍たちは、声をひそめて相談しあった。

「敵国の奥ふかく攻めこんだはよいが、これでは立ち枯れを待つばかりだの」

「食糧を食いつくしたらおしまいだ。これから先どうするか、名案はないか」

「仮面兵団のほうからはまだ何も連絡はないのか」

「あんな奴ら、どうせあてにならぬ。掠奪に夢中で、帰る道も忘れておろうよ」

なす術《すべ》もなく日がすぎて、三月二十日のことである。コートカプラ城の西方に、大きく砂塵があがるのが城壁の上から見えた。風に乗って、さまざまな音が聴《きこ》えてくる。馬蹄のとどろき、車輪のひびき、剣や槍を打ちかわす音、叫び声。城壁の上から目をこらすと、砂塵のなかにひるがえる旗が何本も見えた。ときおり光がきらめくのは、甲冑や剣に陽光が反射しているのだった。砂塵が近づくと、騎馬の隊列が見え、何十台もの牛車があとにつづき、さらに後方に騎馬隊の姿が見えた。

「仮面兵団だ。シンドゥラ軍に追われているぞ」

城壁の上からチュルク軍は追撃戦を見おろした。すぐに助けにいこうとしないのは、「しょせん奴らは異国の流れ者」という意識が、どうしてもあるからだ。だが、そのような意識も、たちまち吹きとんだ。

仮面兵団の牛車から麻《あさ》の袋がころげおちた。追いすがったシンドゥラ兵の刀がその袋を斬り裂くと、そこからあふれ出て道にまきちらされたものがある。砂のように見えたが、そうではなかった。シンドゥラ特産の、赤みをおびた米だった。それを知ったとき、チュルク兵たちは歓声《かんせい》をあげた。仮面兵団は味方のために食糧を運んできたのだ。

「城門をあけろ！　助けに行け」

シングが命令した。だが、その命令より早く、チュルク兵たちは城壁から地上へと階段を駆けおりている。極端なところ、仮面兵団のトゥラーン人たちがどうなってもかまわぬが、食糧だけは手にいれねばならなかった。

「落ちつけ、整然と行動せよ。城門をあけたときシンドゥラ軍になだれこまれたらおしまいだぞ」

城門の前で兵士たちを制したのはプラヤーグ将軍である。すると、扉《とびら》の外から開門を求める叫び声がした。大陸公路諸国の共通語であるパルス語の叫びだ。だが、その声にあきらかなトゥラーンなまりがあることを、プラヤーグの耳はたしかめた。トゥラーンなまりのパルス語、つまり仮面兵団の言葉である。わっとばかりチュルク兵は扉にむらがって閂《かんぬき》をはずした。扉があけ放たれた。銀色の仮面をかぶった騎士が、すばらしい手綱さばきでプラヤーグのそばを駆けぬけようとした。

「あっ、きさまは……！」

いい終えぬうちに、プラヤーグの首は鮮血《せんけつ》の尾をひいて宙に舞いあがっている。にわかづくりの銀仮面をはずして不敵に笑った顔は、トゥラーン人ジムサ将軍のものだった。トゥラーンなまりのパルス語をしゃべるのは、あたりまえのことだ。

銀仮面は、牛の革でつくった面を銀色にぬっただけのものだった。混戦と砂塵のなか、城壁上のチュルク兵からは、充分にほんものらしく見えたのである。

「それに、人は自分が見たいものだけを見るものでございまして、陛下」

とは、パルスの宮廷《きゅうてい》画家が、敵を罠にかける技術について、弟子に語った台詞《せりふ》である。

ジムサは偽の銀仮面を宙に放りあげると、おとくいの吹矢を口にあてた。音もなく飛来する毒吹矢を受け、チュルク兵は、自分が死ぬ理由もわからぬまま地に倒れていく。

ジムサにつづいて、パルス軍が乱入する。まだ城壁の上にいたドグラー将軍は、抜刀《ばっとう》して階段を駆けおりようとしたが、エラムの矢を受けてまっさかさまに転落していった。デオ将軍はファランギースと剣をまじえ、咽喉《のど》を斬り裂かれた。味方がたちまち劣勢に追いこまれるのを見て、シング将軍はみずから敵兵の前に躍《おど》りだした。

「われはチュルク国のシング将軍だ。武勲《ぶくん》をたてたい者は、わが前に名乗り出よ！」

たちまちパルス兵の剣と槍が、シングにむかって何本も突き出されてきた。シングは刃の厚い大刀をふるって、突き出される剣や槍を斬りはらった。踏みこんで、ひとりの頸部《けいぶ》をたたき折り、かえす一撃でふたりめの顔面を突きくだいた。返り血をあびて上半身をまだらに赤く染めながら、シングは三人めのパルス人にむけて大刀を振りおろした。

強烈な一撃は、だが、銀色の閃光にはじき返された。よろめき、姿勢をたてなおしたシングは、自分が伝説の騎士と対面していることを知った。眼光するどい黒衣の騎士が、シングの前に立ちはだかっており、ひるがえるマントの裏地が人血で染められたように赤い。

シングはつばをのみこみ、決死の力をこめて大刀をたたきつけていった。ダリューンの長剣がふたたび雷光《らいこう》のきらめきを発した。シングの大刀は音たかく折れくだけ、シングはしびれた手を舞わせながらひざをついた。

シングはとらえられ、革紐《かわひも》で両手を縛《しば》られて、パルス国王とシンドゥラ国王の前に引きだされた。プラヤーグ、デオ、ドグラーの三将軍も、彼に並んだ。ただし、この三人の場合は、首だけが並べられたのである。シングは死を覚悟したが、パルスの宮廷画家と称する人物は、彼に一通の手紙を差しだしていった。

「これは国王の従弟《いとこ》であるカドフィセス卿から王へあてた手紙だ。まちがいなくとどけていただこう。チュルクとの国境までは、シンドゥラ軍が護送つかまつる」

シングは助命されたわけだが、パルス軍に感謝する気にはなれなかった。帰国してカルハナ王に対面するほうが、パルス軍に処刑されるよりよほどおそろしかったのだ。

攻防戦で五千のチュルク兵が死に、武装解除された二万五千のチュルク兵は、一時的にコートカプラ城を占拠しただけで、むなしく故国へと追い帰されることになったのである。むろん、これですべてが終わったわけではなかった。死んだ者はともかく、生き残った者にとっては、あたらしい幕が開いただけのことだった。

第三章　迷路を歩む者たち

Ⅰ

パルスとシンドゥラの両軍がコートカプラ城を奪回し、あらたな作戦を展開しようとしていたころ。パルス暦では三二五年の三月半ばである。コートカプラ城から西へ二百五十ファルサング（約千二百五十キロ）をへたミスル国では、着々とパルス出兵の準備がすすめられていた。

ミスル国王ホサイン三世の準備は、きわめて念いりであった。前年、パルス軍に敗れているから当然のことである。騎兵、歩兵、戦車隊、駱駝隊《らくだたい》をあわせて六万五千の陸上兵力をそろえ、海上では二百隻《せき》の軍船に二万四千の兵士をのせることにした。そして後方の補給部隊にも、十万人の民衆を動員し、三千台の牛車と五千頭の騾馬《らば》を用意した。

ホサイン三世が千里眼であり、パルス軍の最精鋭が遠くシンドゥラの地にあることを知っていたら、長々と準備に時間をかけたりはしなかっただろう。すぐさま騎兵と駱駝部隊を投入して、パルスとの国境を突破したにちがいない。だが、彼は千里眼ではなかったので、日数をかけて準備するだけに終わった。

むろんホサイン三世は、諜者《ちようじや》を放ったり隊商から話を集めたりして、パルス国内のようすを調べた。その結果、万単位のパルス軍が北へ移動したことが知れたが、どうやら訓練のためで、すぐに王都エクバターナへもどるであろう、と思われた。まさかトゥラーン領からさらにチュルク領をへてシンドゥラ領へはいる大遠征であろうとは、想像もできないことであった。

諜者の活動も、はでになれば敵の注意をひく。「ミスルの諜者の動きが活発だ。何かたくらんでいるな」と思われては、万事休すだ。ほどほどのところで、ホサイン王は手をひいた。いつでも出兵できるよう、戦備《せんび》をととのえておくほうが重要であろう、と思った。

出兵の大義名分は、「パルスに正統の国王《シャーオ》を」である。パルス前王朝の血をひくヒルメス王子をパルスの玉座にすわらせる。そして王妃《おうひ》となるのはミスル国の王女のひとりである。両国は血の絆《きずな》によって結ばれ、永く平和を楽しむことができるだろう。それがミスルの表むきの口実である。

計画の重要な駒《こま》がザンデだった。

ザンデはパルスの万騎長《マルズバーン》カーラーンの遺児であり、父子二代、ヒルメスに忠誠をつくしてきた。その忠誠が広く世のためになることであったかどうかは、またべつの問題である。

パルス暦三二一年の秋、ヒルメスはイリーナひとりをつれて故国を去った。ザンデもひとりで流浪《るろう》の旅に出た。三年余の歳月《さいげつ》をへて、ザンデはミスル国へと流れてきたが、そこでヒルメスが王宮の客として滞在していると聞き、ふたたび彼につかえようとしたのである。ホサイン三世は、ザンデに告げた。ヒルメス王子を正統の王位につけるために協力せよ、と。ザンデは喜んで協力を誓《ちか》った。

ホサイン三世の心境は、やや複雑である。彼は正体不明のパルス人の顔を焼いて黄金仮面をかぶせ、ヒルメス王子にしたてた。彼をパルスの王位につけ、いずれパルス全体を乗っとるつもりである。またザンデを利用して、パルス国内の不満分子をそそのかし、叛乱《はんらん》をおこさせるという策《て》もあった。

悪辣《あくらつ》きわまる陰謀家の所業《しょぎょう》である。ところが同時にホサイン三世は、多少のうしろめたさを感じてもいた。ザンデの忠誠心がいつわりのないものであることを、ホサイン三世は承知していたのである。それだけに、事の真相を知ったとき、ザンデがどれほど怒《いか》るか、ホサイン三世にはよく想像がついた。

「気がつかぬほうが、あやつ自身のためだ」

真相を知ったとき、ザンデは殺されることになる。

「ところで、あの男はどうしておる？」

ホサイン三世が口にしたのは、むろん偽《にせ》のヒルメス王子のことである。問われた侍従《じじゅう》は答えた。亡命パルス人や美女を周囲にはべらせ、夜ごと美酒美食を楽しんでいる、と。

「すっかりパルスの国王《シャーオ》になったつもりのようでございます」

「まあよかろう。ザンデとやらいう男を信用させるためにも、それらしくふるまったほうがよい。あの男に疑われたら、すべて水泡《すいほう》に帰してしまうからな」

ホサイン三世の声は、自分自身を説得しているようでもあった。

昨年の秋、ザンデがミスルの王宮にあらわれると、将軍マシニッサはホサイン三世にすすめた。ザンデは真物《ほんもの》のヒルメスをよく知っている、計画のさまたげとなるかもしれない、殺すべきである、と。その意見を、ホサイン三世はしりぞけた。むしろ積極的にザンデを利用しようと思ったのだ。ザンデが「この御方《おかた》こそ、真のパルス国王たるヒルメスさまである」と断言すれば、誰でもそれを信じるであろう。

こうしてホサイン三世はザンデをだまし、さまざまに貴重な情報をえようとした。だいたいはうまくいったが、危険な場面もあった。あるときザンデが質問したのだ。イリーナさまはいかがなされたのか、と。

「イリーナ?」

「マルヤム王国の内親王《ないしんのう》たるイリーナ姫でござる。ヒルメス殿下と結ばれておいでのはずでござるが、お元気でござろうか。病弱な女性《にょしょう》であられたゆえ、気になり申す」

かろうじてホサイン三世は、表情を晦《くら》ませた。

「ヒルメスどのはあまり私生活を語ろうとなさらぬのでな。この国を来訪なさったときには、おひとりであった。おそらく亡くなったのではないか」

「さようでございましたか」

「ヒルメスどのを、あまり問いつめぬがよいぞ。心の傷《いた》みを刺激することになろうからな」

「おおせのとおり。こころいたします」

そのような場面をへて、ついにザンデは「ヒルメス殿下」と再会することになった。年があらたまる直前、ザンデは「ヒルメス殿下」の病室にはいることを許可された。ヒルメスが黄金の仮面をかぶっていることも、このとき告げられた。

「しかし黄金の仮面とはな。いささかヒルメス殿下のご趣味も悪くなった」

内心そう思いながら、平服姿のザンデは王宮の奥深い病室へと案内された。剣をおびたマシニッサ将軍が、二十名の武装した兵士をしたがえて彼を案内したのだ。病室の窓は厚い帷《とばり》におおわれ、広い寝台で人影が上半身をおこしていた。

ザンデは臆病《おくびょう》な男ではない。だが、薄闇《うすやみ》に浮かびあがる黄金仮面を見たとき、一瞬《いっしゅん》ぎょっとして足をとめてしまった。あらかじめ知らされていなければ、思わず声をあげてしまったかもしれない。

　立ちすくんだザンデの背後にマシニッサ将軍がいる。彼の手は剣の柄《つか》にかかっていた。ザンデが何かまずいことを口走ったときには、背後から躍りかかって心臓をつらぬく手はずであった。だがザンデのほうはマシニッサの存在など忘れていた。たしかに衝撃はあったが、最初からヒルメスと思いこんでいるのだ。なつかしさと同情がわきおこり、ザンデは寝台のそばにひざまずいた。ようやく彼が名乗ると、黄金仮面は低くかすれた声で応じた。

「ザンデか、よく訪ねて来てくれた。おぬしがいてくれれば何かと心強い」

「ありがたいお言葉でございます」

「ありがたいのはこちらだ。寸土《すんど》も持たぬ身に、父子二代よくつくしてくれる。おれが志《こころざし》を果たしたあかつきには、おぬしの子孫にいたるまで栄華《えいが》のかぎりをつくさせてやろう」

　黄金仮面の声に熱がこもった。何か思いついたように、彼は病床で身動きした。

「そうだ、大将軍《エーラーン》の職を代々おぬしの家の世襲《せしゅう》としよう」

「殿下、それはあまりにも……」

「いや、それくらいのことはさせてもらわねば、おれの気がすまぬ」

黄金仮面は声を切り、二、三度せきこんだ。冷笑を浮かべるマシニッサの前で、黄金仮面はなおたくみに演技をつづけた。

「しかし、何もかも変わってしまった。おぬしは一段と強者《つわもの》らしくなったが、おれはこのざまだ」

「殿下……」

「なさけないことだ。おぬしの目には、まるで別人のように見えるだろう。声までも変わってしまった」

それはザンデの疑惑を呼ばぬための、念をいれた演技であった。悪くいえば単純、よくいえば朴直《ぼくちょく》なザンデは、胸をうたれて、大声を張りあげた。

「いえ、そのようなことはございませぬ。昔ながらの勇ましいお姿、あの世におります父カーラーンも殿下を応援しておりましょう」

「だとよいのだが……」

「ぜひ、ぜひパルスの王位を殿下の御手《みて》に」

「うむ、おぬしを頼りに思うぞ」

「生命《いのち》を惜しむところではございませぬ」

こうして、三年ぶりに再会した主従は、大いなる目的に向けて、ふたたび手をたずさえることになったのである。そうザンデは信じた。彼だけが心から信じたのだ。

それが昨年、パルス暦でいえば三二四年末のことである。それ以来、ザンデはホサイン王からミスルの将軍としての待遇《たいぐう》を受けるようになった。任務は「ヒルメス王子を補佐《ほさ》する」ことだが、それとおなじくらい重要な仕事がふたつあった。

ひとつは、ミスル国内にいるパルス人たちを組織化することである。その人数は三万人ほどと思われるが、大半はアルスラーンの治世に反感を持つ者たちであった。たとえば、追放された奴隷《どれい》商人、海賊《かいぞく》と結託《けったく》していた役人、特権をとりあげられた神官、落ちぶれた貴族などである。ザンデは彼らを集めた。一万人ほどを集めて、「ヒルメス王子」に忠誠を誓わせた。彼らはパルス国内に知人や親族がおり、たがいに連絡をとって、いざというときにはパルス国内で暴動をおこすことになっていた。

「どうもあまりろくな人材はいないようだな。だがとにかく味方がいないからしかたない」

ザンデはそう思っている。そして、彼らが工作費だの活動費だのをせびりに来ると、自分が管理する軍用金のなかからそれを与えた。

もうひとつの仕事は、ミスルの騎兵部隊を訓練することである。騎兵の戦法や訓練については、ミスルよりパルスのほうがはるかにすぐれていた。ザンデにいわせればあたりまえのことで、パルスの騎兵部隊は地上で最強の軍隊なのである。

ザンデは亡き父カーラーンから武術や騎兵戦法を教わっている。ホサイン王から依頼されると、はりきってミスル騎兵の訓練をはじめた。熱心すぎる教師は、だいたいきらわれるものである。ザンデが異国人ということもあって、ミスル騎兵は彼をきらったが、訓練をかさねるうちに動きもよくなり、模擬戦《もぎせん》をくりかえしてしだいに実力をつけていった。

II

三月半ばのある日、ミスル騎兵の訓練を終えて、ザンデは宿舎に帰った。すでに夜、黄銅色の月が亜熱帯樹《あねつたいじゅ》の梢《こずえ》にかかっている。北の海から涼《すず》しい風が吹きこんで、まことに心地よい南国の春の夜であった。

赤や黄の花々にかこまれた白い石づくりの平屋がザンデの宿舎である。彼は花などに興味がないので、それらの花の名も知らない。やたら色と香《か》の強い花だ、と思うだけである。

「お帰り、ザンデ」

若い女の声がした。パルス語であった。玄関にザンデを出迎えた女は、背が高く、はちきれそうに豊満な身体《からだ》を麻の服につつんでいた。黒い髪が小さな渦をいくつもつくって肩の下までとどき、肌は小麦色である。鼻と口とがやや大きいが、美しいといってよい顔だちで、それもたくましいほどの生命力を持つ美しさだった。たとえば、イリーナ姫のようなひ弱さとはまったく無縁だ。

「召使をやとえといったろうが。そのていどの俸給《ほうきゅう》は、ホサイン王からいただいておるのに」

「うかうかと、そんな気にはなれないね。つい四、五か月前までは食うにもこまっていた流れ者の分際なのにさ」

「四、五か月前まではな。だが、いまはちがうぞ。あと三年もしてみろ、おれは栄《はえ》あるパルス王国の大将軍《エーラーン》だ」

「けっこうだねえ。夢ってやつは、いくらかじっても減らないらしいね」

ザンデの自負《じふ》を、女はあっさりとかたづけた。ザンデはしぶい表情になったが、どなりつけたりはしなかった。家の奥にすすんで食卓に着く。ミスル葡萄酒《ぶどうしゅ》、牛の内臓と大豆《だいず》の煮こみ、ネギをきざんでいれた小麦の薄《うす》パン、羊肉の鉄串焼《てつぐしや》き。それらを盛大に胃袋に放りこみながら、ザンデは女に話しかけた。話題はいつも決まっている。「ヒルメス殿下のご苦労」についての思い出話だ。女のほうは、いたって冷淡《れいたん》だった。

「だけどそのおえらいヒルメス殿下とやらが、あんたに何をしてくれたっていうのさ。さんざんただ働きさせたあげく、あんたのこと放り出したんだろ。薄情な話じゃないか」

「あ、あれはしかたなかったのだ」

ザンデはむきになって主君をかばった。

「何分《なにぶん》にも、ヒルメス殿下は、ご自分がオスロエス五世陛下《へいか》のご実子《じつし》だと信じておられた。そうでないことがわかって、どれほど衝撃をお受けになったことか。人の世に嫌気がさして、何もかも投げだしたくなられても、しかたない。おれは殿下をお怨《うら》み申してはおらんぞ」

「ああ、そうかい。だけど忘れてほしくないもんだね。あんたがこの一年、何とかでかい図体《ずうたい》を維持《いじ》してこられたのはヒルメス殿下とやらのおかげじゃないだろ」

「わかっとる。お前には世話になった。感謝しとるんだ」

ザンデは女に頭があがらないようであった。

「それにしても、あんた、ヒルメス殿下とやらの顔も見ないのに、よくご主君だとわかったもんだね」

「わからいでか。以前にもお前には話しただろうが」

「顔の右半分に火傷《やけど》の痕《あと》があって仮面をかぶっているからヒルメス王子だってのかい」

「そ、そうだ」

「だったら、あんたでもヒルメス王子になれるじゃないか。顔を焼いて仮面をかぶりゃ、りっぱに王子さまってことになるさ!」

女はすばやく跳《と》びすさった。振りおろしたザンデの拳《こぶし》は唸《うな》りを生じて宙をなぐりつけた。たくましい肘《ひじ》が食卓をかすり、皿をはね飛ばした。牛の内臓と大豆が宙を舞い、タイルの床に赤黒い模様《もよう》を描《えが》く。

「これ以上ヒルメス殿下に非礼なことをいうと、お前でも赦《ゆる》さんぞ、パリザード!」

「わかったよ、わかったよ、忠臣ザンデさま」

女の声はザンデを揶揄《やゆ》しているようでもあり、ふてくされているようでもあった。だが多少は、ザンデの身を案じている真情もこめられていた。

呼吸を静めて、ザンデは椅子《いす》にすわりなおした。葡萄酒《ぶどうしゅ》の壺《つぼ》をつかんだが、すでに空になっている。舌うちして、ザンデは手を離した。

「ヒルメス殿下が正統の王位を回復なさる。それこそ、おれの人生の目標なのだ。いや、むろん、おれ自身も功名《こうみょう》をなしとげたい。事が成《な》って、ヒルメス王が誕生すれば、おれは大将軍《エーラーン》だ。そしてお前は大将軍の正夫人になるわけだ。もうすこし口をつつしんで、上品にふるまえんのか」

パリザードと呼ばれた女は、目をみはった。豊かな胸に手をあてる。

「あたしが大将軍の正夫人? 本気でいってるのかい、あんた」

「あたりまえだろうが」

ザンデはぶっきらぼうにいったが、どこか照《て》れたような口調でもあった。パリザードは彼が流浪している間に出会った女で、歌や踊りで生活しながら、諸国を渡り歩いていた。料理もうまいし、生活力もあった。大きな声ではいえないような商売も、いろいろとやっていたようである。とにかく、パルスを離れたところでザンデとパリザードは出会い、何となくくっついて旅をつづけてきた。ザンデはべつに芸のある男でもなかったから、パリザードのおかげで飢えずにすんだともいえるのだ。

「このさい、はっきりさせておいたほうがいいかもしれんな。お前はどうもヒルメス殿下に対して点が辛《から》いが、それはなぜだ。殿下に怨《うら》みがあるわけでもなかろうが」

「そりゃ、ま、怨みなんてないけどね」

パリザードは小首をかしげた。なぜヒルメス王子を気にいらないのか、あらためて自問してみたようである。

「あたしが気にいらないのは、ヒルメス殿下とやらが、こけおどしの仮面なんぞかぶって、素顔を見せようとしないことなんだよ」

「それはお顔の傷を隠すためだ。何度もそういってるだろうが」

「ちがうね」

パリザードがあまりにも強く断言したので、ザンデは怒りそこねた。興味をこめて、無言でパリザードの顔を見つめる。

「仮面をかぶるなんて、ろくでもないことをたくらんでいる証拠じゃないか」

「たくらむのではなく、志《こころざ》しておいでなのだ。正統の王位を回復するという偉業《いぎょう》をな」

「そういうことじゃないよ」

「ではどういうことだというのだ。お前のいいたいことはさっぱり要領をえんぞ」

投げだすようにいったが、ザンデの胸中に波がざわめきはじめている。何しろ最初から、どぎつい黄金の仮面がザンデは気にいらなかったのだ。

「大の男が顔の傷なんて気にするものじゃない、と、ほんとはそういいたいんだけどね。気にするのはむりもない、ということにしてもいいけど、でもねえ」

女のほうが男に尋《たず》ねた。

「ヒルメス殿下とやらは、一度みんなの前で素顔をさらしたんだろう?」

「ああ、一度だけだがな」

それはアンドラゴラス王にかわって即位することを決意したときのことだ。エクバターナの王宮の露台《バルコニー》で、ヒルメスは銀仮面をぬぎ、人々の前に素顔をさらしたのである。

「一度はそうやって素顔をさらした人間が、何だってまたぞろ仮面をかぶるんだい。いまさらそんなまねをする必要がどこにあるのさ」

「そんなこと、おれにわかるものか」

と、ザンデはいうわけにいかない。何とか主君を弁護したいのだが、胸中の雲はしだいに厚く、暗くなってくる。

「ミスルでヒルメス王子と会ったのは何度？」

「たしか三回かな」

「なつかしい再会だったんだろ。さぞ、つもる話があったんだろうねえ」

「いや、あまり長くはお会いできなかったしな」

ザンデの胸中で、さらに疑惑の雲がひろがり、彼の声は元気をなくしていく。

「イリーナ姫、だったかね。マルヤム国のお姫さまについて、何か話しあったかい」

「いや、何も」

話しあうどころか、話題にしないようホサイン王にいわれたのだった。

「あんた、避けられてるよ。まちがいなくきらわれてるね」

「ばかなことをいうな！」

ふたたびザンデはどなった。だが、その声は大きいだけで力がなかった。思いあたるふしが、いくつもあるのだ。「ヒルメス王子」と長い時間、話したことは一度もない。会うにもいちいちホサイン王の許可が必要だし、会えば会ったでかならずミスル人が同席し、さりげない表情で聞耳《ききみみ》をたてている。黄金仮面はいたって口数がすくなく、「うむ」とか「ああ」とか、最小限の返事をするだけである。ザンデにしてみれば、これまでのこと、これからのこと、一夜を語りあかすほどの話があるのだが、そのような機会はなかった。残念だが、こんなことで不満をいだいてはならぬと、ザンデは自分に言い聞かせてきたのだ。だが不満はおさえても疑惑はおさえられない。

「たしかめる方法があるじゃないか」

あっさりとパリザードがいってのけた。

「あんたのヒルメス殿下とやらが真物《ほんもの》であるかどうか、たしかめる方法があるよ」

「どんな方法だ？」

思わず問いかえしたのは、ザンデの後退を意味していた。ヒルメス王子に対するザンデの忠誠心は、花崗岩《かこうがん》の壁のようにかたい。だが、「黄金仮面」に対しては、どこかに弱い部分があった。そこを正確にパリザードに突かれたのだ。

パリザードはどうもザンデより才覚がありそうだった。彼女は片手をあげて豊かな髪をなでながら答えた。

「むずかしいことじゃないさ。あんたとヒルメス王子と、ふたりしか知らないできごとが何かあるだろ。かまをかけてごらんよ。まちがった答えが返ってくれば、王子は偽者《にせもの》さ」

「正しい答えが返ってきたら？」

「そのときは真物《ほんもの》だろ。今後ますます忠勤《ちゅうきん》をはげんで、大将軍《エーラーン》にでも宰相《フラマータール》にでもしていただくがいいさ。いっとくけど、あたしだってヒルメス王子が真物で、あたしを大将軍夫人にして下さるほうがありがたいんだからね」

もっともな話である。ザンデはだまりこんだ。つまり真剣に、パリザードの提案について考えこんだのである。

III

黄金仮面に対して、ザンデはかまをかけることにした。愛人であるパリザードの言葉に動かされた、というより、彼自身の決心である。ヒルメスに対してなら、ザンデは無二《むに》の忠誠をつくす覚悟だが、それが偽者であったら話はべつであった。ザンデはただ偽者に忠誠をつくすおろか者というだけではない。ミスル国の陰謀に利用され、祖国を売りわたす裏切者ということになってしまう。そんな役割は、ザンデはごめんだった。

ひそかにザンデは黄金仮面やミスル人たちのようすを観察した。二、三日のうちに、あやしいことがいくらでも目につきはじめた。黄金仮面は周囲に幾人もの美女をはべらせているが、ヒルメス王子はそのようなことをする人ではなかった。かつては復讐にたけりたって、女など眼中になかった。マルヤム王国のイリーナ姫と再会してからは、他の女に見むきもしなかったはずだ。復讐においても、女性についても、ただひとすじの人だった。それだけに視野がせまく、かたくなでもあったが。

そして黄金仮面の近くには、いつもミスル国のマシニッサ将軍がいた。いちおう「ホサイン三世とヒルメス王子との連絡役」ということになっているが、じつは監視役であろう。マシニッサという人物を、ザンデはどうも好きになれなかった。よくしたもので、マシニッサのほうもザンデをきらっている。より正確にいうなら、マシニッサはザンデを警戒しているのだった。ミスルのパルス乗っとり計画にとって、ザンデこそが最大の障壁となるからである。

ザンデにとって、機会は意外に早くおとずれた。二日後のことである。騎兵どうしの模擬戦がおこなわれ、ザンデの訓練した部隊が圧倒的な勝利をおさめた。部隊全体の動きも、馬上で長槍《ちょうそう》をあつかう技も、他の部隊とくらべものにならなかった。

ミスル国王ホサイン三世は、おおいによろこんだ。「ほうびとして何がほしいか」と問われて、ザンデは答えた。じつはヒルメス殿下にお願いしたいことがひとつござる、と。

ホサイン王は、あまりザンデを黄金仮面に会わせたくないようすだったが、拒否するわけにもいかない。何くわぬ表情をつくって、面会を許可した。むろん、もっともらしい態度で、マシニッサがザンデについてきた。

「ふん、ミスルの狡猾《こうかつ》な砂ネズミめが」

心のなかでつぶやきながら、ザンデは王宮の一室で黄金仮面に対面した。

「昔話《むかしばなし》になってしまいますが、ヒルメス殿下、おぼえておいででございましょうか。英雄王カイ・ホスロー陛下の陵墓《りょうぼ》に詣《もう》でたときのことでございます」

「うむ……たしかに昔のことだな」

黄金仮面の声に、わずかだが警戒の調子がこもった。ザンデの背後で、マシニッサが剣をもてあそんでいる。背中に危険な気配を感じたが、そ知らぬようすで、ザンデは話しつづけた。

「まったく、いまいましいことでございました。あの冬の日のこと、はっきりとおぼえております。いますこしで殿下は宝剣ルクナバードを御手《みて》につかまれるはずでございましたに」

「うむ、そうであった」

「それを、あのときダリューンめがじゃましたのでございました。何とも憎むべき奴《やつ》でございます。ダリューンめはわが父を殺し、さらに宝剣ルクナバードを殿下から奪いたてまつりました。殿下は奴めをお赦《ゆる》しになりますか」

「むろん赦せぬ。赦しておくものか」

黄金仮面が、小さな窓からの陽《ひ》を受けてきらめく。かるく目を細めてザンデは頭をさげた。

「お願いしたき儀《ぎ》は、それでございます。パルスに正統の王権が確立されましたあかつきには、ぜひともダリューンめの首は、このザンデにたまわりますよう」

「好きにせよ」

「ありがたき幸せ」

うやうやしい一礼を残して、ザンデは黄金仮面の前から退出した。

「ちがう、ちがう」

心のなかでザンデはうめいた。

「この男はヒルメス殿下ではない。まっかな偽者《にせもの》だ。何とだいそれた奴。ミスルは国じゅうをあげてパルスを乗っとるつもりと見た」

ヒルメスが英雄王カイ・ホスローの陵墓におもむき、宝剣ルクナバードを手にいれようとしたのは、パルス暦三二一年六月のことである。季節は初夏であって、冬ではなかった。

そしてそのとき、ヒルメスの前にあらわれて宝剣奪取をさまたげたのは、黒衣の騎士ダリューンではなく、流浪の楽士ギーヴであった。黄金仮面がヒルメスであったなら、忘れるはずがない。ヒルメスとギーヴが剣をまじえるうち、すさまじい地震がおこって、何十人もの兵士が地の底へとのみこまれていった。あの光景をヒルメスが忘れるはずがなかった。真物《ほんもの》のヒルメスなら！

王宮の廊下を歩きながら、ザンデは必死に自分をおさえつけていた。

「おのれ、不埒《ふらち》な奴らめ。よくもヒルメス殿下の名をかたって、おれをだましてくれたな。赦《ゆる》さぬ。けっして赦さぬぞ。おぼえておれ」

王宮を出て、待機していた従卒《じゅうそつ》から馬の手綱《たづな》を受けとる。馬を歩ませながら、なおザンデは考えた。

「だが、ヒルメス殿下でないとすると、あの黄金仮面はいったい何者だ。パルス人にはちがいないが、はて、あれほどだいそれたまねが、いったい誰にできるというのか」

さまざまな思いを胸に渦《うず》まかせて、ザンデはいったん宿舎に帰った。甲冑はぬいだが、大剣は帯びたまま、食卓について葡萄酒《ぶどうしゅ》をあおる。ザンデは酔うとかえって、考えが深まるのだ。

「さて、これからどうしたものか……」

だいじなのはその点だった。黄金仮面がヒルメス王子であれば、ザンデのやるべきことは決まっていた。ヒルメスをパルスのかがやかしい玉座にすえる。失敗すれば、ともに死ぬ。それだけのことだった。だが、黄金仮面はだいそれた詐欺師《さぎし》である。しかも背後にはミスル国王がひかえている。

どうすればよいか、ザンデにはわからなかった。

だまされたとわかって、ザンデの怒りと憎しみは大きい。黄金仮面をかぶった正体不明の男も、ザンデをだまして利用しようとしたミスル国王ホサイン三世も、その手先であるマシニッサ将軍も、どいつもこいつも大剣で脳天をたたきわってやりたかった。だが、ザンデがひそかに監視されていることは確実だった。むやみに行動すれば、たちまちミスル兵に殺されるだろう。正々堂々たる決闘ならともかく、毒矢や毒酒でも使われたらふせぎようがないのだ。

「それに……」

と、ザンデは葡萄酒にぬれた唇《くちびる》をなめた。

「おれがここでミスル人どもを殺したりしたら、得《とく》をするのはアルスラーンめではないか。何もせぬうちに、強大な敵が消えてしまうのだからな。ばかばかしい、何でおれがアルスラーンのためにつくしてやらねばならんのだ」

はしなかった。

太くて重い両脚《りょうあし》を、ザンデはどさりと食卓に投げだした。食卓はきしんだが、こわれ

「だからといって、このままにしておいたら、パルスはミスル人と詐欺師との好きなよう

にされてしまう。おれは詐欺師にだまされたまぬけということになる。将来さぞ笑いもの

になるだろう……」

いや、それどころではない。詐欺師どもが、まんまとパルスの玉座を詐取《さしゅ》することに成

功したら、もはやザンデに用はないのだ。そのときこそ、まちがいなくザンデは殺される

にちがいない。ザンデは頭が痛くなってきた。どちらをむいても光明が見えないのだ。

「ええい！　どうしたらよいのだ」

思わず声に出してしまった。はっとして、大きな手を大きな口にあてる。足音がして、

人影が彼の横あいにあらわれた。ザンデは息をのみ、大剣の柄に手をかけた。

「でかい図体《ずうたい》をして、何をびくついてるのさ。だらしないね」

「パリザードか。おどかすな」

ザンデは溜息《ためいき》をついた。

「誰がおどかしてるっていうのさ。図体のでかいわりに、智恵と胆《きも》っ玉《たま》のある場所がせま

いんだから」

「やかましい。口のへらないやつだな。いったいどこへ行ってたんだ」

「市場《バザール》だよ」

「買物か。だから召使をやとえと……」

「買物は見せかけさ。噂を聞きにいったんだよ。ミスルの人たちがどんなことを知っているか、考えているか、知りたきゃ市場に行くことさ」

ミスル人の噂を聞くなど、ザンデは考えもしなかった。大陸公路の通じる国々では、どこへ行ってもパルス語がいちおう通用する。辺境の村にも、ひとりぐらいはパルス語を話せる医者とか教師とか商人とかがいるのだ。したがって、パルス人は、なかなか異国語を学ぼうとしない。諸国を流浪したザンデでさえ、ついついパルス語に頼って、異国語をおぼえようとしなかった。

パリザードが市場《バザール》でしいれてきた噂は、ミスル国の軍事行動に関するものだった。むろん庶民に軍事行動がくわしく知らされるはずもないが、兵士が集団で移動していくありさまが見られたり、市場で買いあつめられた大量の食糧が軍船につみこまれたり、いままで職にあぶれていた男たちが荷車《にぐるま》といっしょに集められたり、そういう話がいくつも伝えられる。すると「どうも戦争が近いぞ」ということになるわけだ。

ミスル軍の出動が近い。いよいよ「ヒルメス王子」がパルスへ乗りこむのか。

Ⅳ

あわただしく、ザンデは王宮でのできごとをパリザードに語った。しばらくは何くわぬ表情《かお》でようすを見たほうがいいかな」

「そういうわけで、うかつには動けんのだ。しばらくは何くわぬ表情でようすを見たほう

「それはやめたほうがいいね」

「どうして？」

「あんたは演技《しばい》がへただからね。長い間そ知らぬふりなんかできっこないさ。今日の件だって、あたしにいわせれば、ちょっとわざとらしかったね」

「何をえらそうに」

「ほうびをやる、といわれたら、金貨とか宝石とか、俗っぽいものを願えばいいのさ。そしたら先方だって、こいつは単なる欲ばりだな、と思って油断するだろ。とにかく油断させておかなきゃ、何にもできないじゃないか」

ザンデは反論できなかった。たしかに性急《せいきゅう》すぎたかもしれない。だが、どうせ長い間演技《しばい》をつづけることができないのなら、今日そうなっても同じことである。

パリザードが、さかしげに男をながめた。

「ま、すぎたことをいってもしかたないけどね。それで、これからどうする気だい」

「どうしたらよいと思う？」

ザンデは問い返した。こうなると、パリザードの智恵が頼りである。ザンデには思案の種がなかった。

「外を見てごらんよ、何気なくだよ」

パリザードにいわれて、ザンデは窓のそばに歩みよった。あくびをしたり、左手で右肩をたたいたり、それなりに工夫しながらすばやく庭を観察する。亜熱帯樹の蔭《かげ》に光るものが見えた。それが槍や甲冑の反射光であることは、すぐにわかった。窓から離れたザンデに、パリザードが低い声をかけた。

「どうやら、さっさと逃げだしたほうがよさそうだね」

「うむ……」

あまりに状況の変化が激しいので、ザンデは呆然《ぼうぜん》としてしまった。だが幾度も生死の境を切りぬけてきた男だから、立ちなおるのは早かった。もはやミスル国に身をおく場所はない。港へ走って船に乗るか、ディジレ河をこえてパルスへ潜入するか、どちらかである。

ザンデは大剣の位置をたしかめ、パリザードにささやいた。

「家に火をつけて、混乱のなかを突破する。お前は金目《かねめ》のものを持ち出せ。夜になる前に、奴らの鼻をあかしてやるんだ」

無言でうなずくと、パリザードは奥の部屋へと走った。寝台の下から、ミスル葦《あし》を織ってつくられた箱を引っぱりだす。箱をあけ、水牛の皮をなめした袋をさかさにすると、金貨と銀貨と銅貨とが床で鳴りひびき、小さな山をつくった。手早く金貨だけを選んで、袋につめなおす。ホサイン王からあずかった軍用金の一部だが、ザンデとパリザードのふたりで二年ほどは生活していけるであろう。

つぎに、鏡のついた黒檀《こくたん》の抽斗《ひきだし》をあける。指環《ゆびわ》や首飾り、髪飾《かみかざ》りなどを袋に放りこむ。そのなかに、一見地味《じみ》な銀の腕環《うでわ》があった。表面に模様が彫《ほ》ってある。羽根のついた帽子をかぶった若者が雄牛にまたがり、その雄牛の首に短剣を突き刺しているという模様だ。それはパルスで信仰されているミスラ神の画像であり、身分の高い者だけがその意匠《デザイン》を使用することを許されていた。

「これだけは身に着けておこう。他のものとは事情《わけ》がちがうからね」

つぶやいて、パリザードは腕環を左腕にはめこんだ。肉づきのよい腕だが、すこしもたるんでいない。

パリザードが部屋を出ると、ザンデが床に油をまいていた。ランプの燃料に使う油で、匂いがすくないから外の兵士たちにも気づかれないであろう。

「やるぞ、パリザード」

にやりとザンデは笑った。危地《きち》にあるのだが、生々《いきいき》としている。政略がどうの陰謀がどうのと悩んでいるより、剣のひびきと血の匂いを好むのだ。よかれあしかれ、ザンデはパルスの戦士であった。

ザンデの宿舎を包囲するミスルの兵士たちは五十名ほどであった。目的は攻撃ではなく監視だ。夜になったら人数を三百名にふやし、火を放って、逃げだす者を殺す、という手はずであった。

指揮をとるのはマシニッサ将軍だが、現場に到着するのは日没の直後ということになっていた。まさか陽《ひ》が高いうちにザンデたちが逃亡するとは思わなかったのだ。

亜熱帯樹の蔭にひそんでいたミスル兵のひとりが鼻をひくつかせた。何やら、きなくさい匂いがする。青い煙が薄くただよってきて、目をかすかな痛みがおそった。兵士は不安と疑問に駆られ、姿勢を動かして家のなかのようすをうかがった。見えたのは、窓のむこうにゆらめく赤い影である。

「火事だあ！」

叫んで兵士はとびあがった。他の兵士たちも仰天《ぎょうてん》し、隠れていた場所からとびだした。

家から流れだす煙は、たちまち黒く色を変えて、庭全体をおおった。うろたえる兵士たちの耳に、女の叫び声が聴えた。

「助けて、助けて！」

煙のなかで扉をたたく音がする。兵士たちは念のため刀をぬきながら扉に走りよった。彼らが扉に手をかけようとしたとき、すさまじい勢いで扉は内側から開かれた。煙と熱気がミスル兵たちにたたきつけられ、彼らはせきこみ、腕をあげて顔をおおった。そして大きな黒い影が彼らの前に躍り出た。右手に大剣をかざしたザンデであった。左手には燃えあがるたいまつを持っている。

大剣がうなりを生じた。ミスル兵のひとりが頸部《けいぶ》を半ば両断され、倒れながら血煙《ちけむり》を噴きあげる。べつのひとりは肘《ひじ》から右腕を斬りとばされ、悲鳴をあげて横転した。三人めの兵士にむけて、ザンデがたいまつを突きだす。兵士は顔を炎につっこむ形になった。眉から髪へと火がうつる。ミスル人は香油をよく使うので、たちまち髪は炎のかたまりとなった。不幸な兵士は声も出せず、地にころげて苦悶する。

たじろいだミスル兵の間に、黒い大きな影が割りこんだ。馬が二頭。一頭にだけ人が乗っている。女の声がパルスの戦士を呼んだ。

「ザンデ、早く！」

「おう、こころえた！」

ザンデは巨腕《きよわん》を振り、ミスル兵たちにたいまつを投げつけた。あわててとびのく兵士たちに目もくれず、馬に走りよる。巨体で鈍重《どんじゆう》そうに見えても、ザンデは生まれながらの騎馬の民であった。馬の歩調にあわせてたくみに寄りそい、巨体をはねあげる。たちまちザンデの姿は馬上にあった。なおも逃亡をくいとめようとする勇敢なミスル兵を蹴りたおし、はねとばし、黒煙と混乱のなか、姿を消してしまった。

ザンデが逃亡した、との知らせは、すぐに王宮のマシニッサ将軍にとどけられた。

「みすみす奴らを逃がすとは何ごとか！　役たたずども！」

ののしったマシニッサは、剣をぬくと、報告にきた兵士たちの長をその場で斬殺してしまった。

血ぬれた剣をひと振りして鞘《さや》におさめると、マシニッサはホサイン王に謁見《えつけん》を求めた。事情を知って、むしろホサイン王は感歎《かんたん》した。

「ザンデめは逃げおったか。鼻のきく奴だ」

「これより奴を追いかけ、御前《ごぜん》に首を持参いたします」

「うむ、いや、待て」

片手をあげて、ホサイン王は、はやりたつマシニッサを制した。

「技倆《うで》もたち、鼻もきく奴。殺すには惜しい。できれば生かしたままつれてこい」

「は、ですが陛下……」

「事情を聞かせ、味方につけるよう算段《さんだん》してくれよう。どうしても承知せぬときには殺せばよい。かまえて、有無《うむ》をいわせず殺してしまうようなことをしてはならんぞ」

マシニッサは不満そうであったが、国王の命令に否とはいえない。かしこまりました、と答えて退出すると、ただちに部下を動員した。馬の数は兵士の数の二倍。疲れたら馬をかえて、逃亡者に早く追いつくというのが彼の計算だった。


ザンデとパリザードはひたすら南へと馬を駆《か》った。ディジレ河の西岸を、下流から中流へ。彼らの頭上で、太陽は西へかたむいていき、夜は東から近づいてきて、やがて黄色とも赤ともつかぬ色の月が天を飾った。汚れた巨大な金貨のようであった。

ミスルの国土はパルスと同じほど広いが、緑の沃野《よくや》はディジレ河など三本の河とその支流の一帯にかぎられる。その他は岩石と砂の荒野である。ザンデたちが夜半にたどりついたのは、ディジレ河の流れを見おろす荒涼《こうりょう》たる岩場であった。疲れきった馬を放してやり、ふたりは徒歩になった。

「ディジレ河の上流から、河をこえてパルスに潜入しよう」

そうザンデは決めた。ヒルメス王子とともに前王朝の軍旗を高々とかかげて故国へ凱旋《がいせん》する。その夢が破れたとき、流浪《るろう》の疲れとも望郷ともつかぬ想《おも》いがザンデをつかんだのだ。むろんパルスに帰るからといっても、変節してアルスラーンにつかえる気はない。三か月ほど身心を休めた後、ヒルメス王子をさがして、ふたたび流浪の旅に出るつもりだった。今度は東へ、シンドゥラかチュルクへでも行ってみるとしようか。

「とにかく、ヒルメス殿下を玉座にすえたてまつらねば、亡き父にあわせる顔がない」

ザンデがいうと、「まだそんなことをいってる」といいたげな表情をパリザードがしたが、口には出さなかった。彼らが岩場に上って、河を眼下に見おろしたときである。

「待て、パルス人、そこまでだ！」

勝ち誇った声は、マシニッサ将軍のものであった。甲冑《かっちゅう》のひびきが連鎖《れんさ》して、武装した兵士たちの影が三方向からむらがりおこった。槍《やり》や剣が月光を受けて、ディジレ河の河波のようにきらめいた。

「おおげさな」

ザンデは口もとをゆがめた。兵士の数は、三、四百人にも達しようかと思われた。ザンデひとりに対しては、たしかにおおげさだが、マシニッサとしては、二度とザンデの逃亡を許すわけにいかなかった。退路をふさいでおいて、一騎打《いっきう》ちするつもりだったのだ。

「一対一の勝負だ、パルス人よ」

呼びかけながら、マシニッサは半月刀を抜きはなった。無言でザンデも大剣の鞘《さや》をはらった。ふたりの若い勇者は、広い平らな石の上でにらみあった。それも長くはない。鋭い気合とともにマシニッサが斬りかかり、ザンデが受けて、月下の一騎打ちが開始された。

パルス最大の雄将ダリューンを、ザンデは宿敵とみなしている。何度も剣をまじえたが、ザンデは一度もダリューンに勝てなかった。技倆《ぎりよう》の差は大きかった。だが、いまこの場にダリューンがいたら、ザンデの技倆が三年前よりはるかに進歩したことを認めたにちがいない。

最初の五十合ほどは、激しく火花と刃音《はおと》を散《ち》らしながら、まったく互角《ごかく》だった。だが、ザンデの重い打撃《だげき》は、しだいにマシニッサを疲労させていった。ザンデが二回つづけて撃ちこみ、三度めにかろうじてマシニッサが攻勢に出る。そういう状態がしばらくつづいたが、ついにマシニッサは防戦いっぽうになった。ザンデの大剣がマシニッサの半月刀をとらえ、音たかく弾きとばす。武器を失ったマシニッサは、体勢をくずし、よろめき、岩場にくずれこんだ。勝敗は決したようであった。

「待て、パルス人！」

マシニッサは叫んだ。この夜、二度めの叫びだった。だが最初のときとちがって、今度はマシニッサは勝ち誇ってはいなかった。半ばあえぎながら、上目づかいに相手を見あげる。

「その剣を振りおろしたら後悔するぞ。おれの話を聞け」

「いまさら生命乞《ご》いか。聞く耳もたぬわ！」

周囲のミスル兵たちは小さくどよめいたが、うかつには動けない。槍をかまえなおして、事態を見守っている。それを横目に見ながら、マシニッサはザンデに語りかけた。

「ホサイン三世陛下《へいか》のおおせだ。おぬしの武将としての実力を嘉《よみ》され、正式にミスル国の将軍として厚遇《こうぐう》しよう、とおっしゃる。よい話とは思わぬか」

「おれはパルスの国王《シャーオ》以外にはつかえぬ」

「ヒルメス王子のことか」

「あたりまえだ。あのようなどぎつい黄金の仮面をかぶった偽者《にせもの》に、誰がつかえるか。よくも久しく、おれをあざむいてくれたな」

「待て、待て、おちつけ」

必死の表情でマシニッサは手を振った。

「おぬしの忠誠心は見あげたものだが、現実にヒルメス王子はどこにいるやら知れぬではないか。一時の方便、あの黄金仮面を推《お》したてて、パルスから僭王《せんおう》アルスラーンめを追い落とし、しかる後に真物《ほんもの》のヒルメス王子を玉座にお迎えすればよかろう」

岩場にすわりなおしたマシニッサを見おろし、ザンデは鼻先で笑いとばした。

「そんな策《て》に誰が乗るか。もし真物のヒルメス殿下が姿をあらわされたら、これ幸いと殺してしまうのが、きさまらのやりくちではないか」

「……」

「一度だまされればたくさんだ。あの世へ行ってミスルの神々でもたぶらかすことだな」

あらためてザンデは大剣を振りかざし、マシニッサの頭部をたたき割ろうとした。マシニッサの口が、裂けんばかりに開かれた。

「黄金仮面の正体を知りたくないか！」

ザンデの手がとまった。

彼は手をとめるべきではなかった。偽者《にせもの》とわかった以上、黄金仮面の正体など、ザンデの知ったことではないはずだった。だが、好奇心が一瞬だけ、彼をためらわせた。一瞬で充分だった。マシニッサの手が奇術師のようにひらめいた。水牛の革でつくられた軍靴《ぐんか》の内部に隠されていた短剣。それがザンデの腹に深々と突き刺さったのである。苦痛と怒りのうめき声。

「おのれ、きさま……」

「地獄へ行け、まぬけなパルス人。後悔が、きさまの道づれになってくれるだろうよ」

嘲弄《ちょうろう》しながら、マシニッサは、ザンデの腹に突きたった短剣を回転させた。腹腔《ふくこう》で激痛が炸裂して、ザンデは目がくらんだ。立っていることができず、重々しい音をたてて片ひざを地についてしまう。岩場の上からながめていたパリザードは、愛人が致命傷《ちめいしょう》を受けたことをさとった。彼女は岩にしがみついて、悲鳴をあげた。

「ザンデ……！」

「に、逃げろ、パリザード……」

うめきながら、ザンデは、血にまみれた両手を前に突きだした。ぎょっとしたマシニッサが気づいたとき、彼の頸《くび》にザンデの両手がかかっている。

ザンデの太い指が、マシニッサの咽喉《のど》をしめあげた。マシニッサは敵の腹に埋《う》まった短剣を、さらに突きこんだ。扼殺《やくさつ》するか刺殺《しさつ》するか、逃れようのない殺しあいである。声をのんで見つめていたミスル兵たちが、ようやく動いた。味方の将軍を見殺しにはできない。

三本の槍がザンデの厚い背中を突きさし、かがやく三つの穂先《ほさき》が胸から飛びだした。ザンデの鼻と口から血があふれだし、月の光を受けて青黒くきらめいた。全身の力をこめてマシニッサはザンデの両手を振りほどいた。咽喉にザンデの指の痕《あと》をのこしたまま、マシニッサは両手で這《は》って後退した。かたい音がして、前のめりに倒れこんだザンデの額《ひたい》が地をたたいた。

水音がした。崖《がけ》の上から、パリザードがディジレ河の河面《かわも》めがけて飛びこんだのだ。兵士たちは騒いだが、マシニッサは呼吸をととのえるだけで精いっぱいであった。どうせ女は河で溺死《できし》するにちがいない。そう思った。

V

パルスの万騎長《マルズバーン》であったカーラーンの息子は、志《こころざし》をえられずに死んだ。彼の首は王宮に送られた。翌日、朝食の後に、ミスル国王ホサイン三世は最初の仕事としてザンデの首に対面することになった。

快適な仕事とはいえなかった。盆にのせられたザンデの首は、かっと両眼を見開いてホサイン王をにらみつけている。憮然《ぶぜん》としたホサイン王に、マシニッサが一礼した。

「堂々たる一騎打ちの末に討ち果たしてございます」

「あたりまえだ。だまし討ちなどしたら、ミスルの武威《ぶい》に傷がつくわ」

にがい表情で、ホサイン王はマシニッサの饒舌《じょうぜつ》を封じた。

「あれほど、むやみに殺すなと申しつけたに。事後の処理がめんどうなことだ」

ホサイン三世は頭が痛い。ザンデの死は、ミスルに亡命してきたパルス人たちを動揺させるであろう。ミスルの騎兵隊も、有能な教官を失った。どちらにも、いそいで後任を選ぶ必要がある。だが、ザンデほど熱心で真剣な人材があらわれるとは、とうてい思われなかった。

「考えてみれば、偽《にせ》のヒルメス王子などいくらでもかわりがいたのだ。真物《ほんもの》でなければ誰でも同じことだからな。だがザンデのかわりはいない。こいつはずいぶんと、やっかいなことになってしまったぞ」

そう考えると、ホサイン三世は、マシニッサがうとましくなってきた。ザンデの横死《おうし》でパルス乗っとり計画そのものが危うくなっているというのに、マシニッサは手柄顔で王の前に立っている。こやつは、戦って敵の首さえとってくればよい、と考えているのだ。せいぜい戦場の一部分をまかせられるだけで、それ以外のことはとうてい委《ゆだ》ねられない。

これまで実務はザンデにまかせ、黄金仮面は飾り物にしてきた。だがこれからは黄金仮面自身にいろいろとやらせる必要がある。そう思案《しあん》をめぐらせ、ザンデの首を葬《とむら》うよう命じてから、ホサイン王は、ふとあることに気づいた。

「ところで、ザンデには同居しておった女がいたはずだが、その者はどうした。討ちとったのであろうな」

得意満面のマシニッサであったが、冷水をあびたように表情の一部を変えた。返答があったのは、わざとらしいせきばらいの後である。

「ディジレ河で溺死《できし》いたしました」

「たしかであろうな」

「まちがいございませぬ。高い崖から落ちたとき、すでに頸骨《けいこつ》を折っておりました。ただ死体を持ち帰ることができなかったことだけは残念でございます」

こうなってはすべて嘘でかためるしかない。マシニッサは声も高らかに断言した。彼を退出させてホサイン王が考えこんでいると、宮廷《きゅうてい》書記官から報告があった。

「マルヤム国から使者がまいっております。謁見《えっけん》を求めておりますが」

「ふむ、何の用だ」

ホサイン三世は、香油《こうゆ》でみがいた頭をなでた。昨年の秋、マルヤム国の半分を支配する教皇ボダンから、同盟を求める使者が来た。ボダンは政敵であるルシタニア王弟ギスカールを打倒《だとう》するため、ミスルの武力を求めてきたのだ。ホサイン三世はそれを受けいれず、逆にその使者をとらえてギスカールのもとに送ったのである。

「あれから半年ほどもたつが、ようやく返礼の使者を送ってきたか。とすると、マルヤムの国内もいくらか安定して、ギスカールにも余裕ができたと見えるな」

そう考えながら、ホサイン三世は使者を謁見した。マルヤム国の支配者はルシタニア人であるから、使者もルシタニア人である。細い口髭《くちひげ》をはやした壮年の騎士であった。床に片ひざをついて、うやうやしく一礼すると、使者はおどろくべき事実を報告した。

「わが主君ギスカールにおきましては、本年一月一日をもって正式にマルヤム国王の位に即《つ》きましてございます」

「なに、ギスカール公が王となられたか」

ホサイン三世は目をみはった。半分は演技でおどろいてみせたのだが、半分は本気である。ギスカールとボダンとの抗争はまだまだつづき、マルヤムの国内は不安定だろう、と思っていたのだ。ギスカールがマルヤム国内を統一すれば、急速に再建をすすめ、強力な国家をつくりあげるだろう。正直なところ、うれしくないことだった。

かつてマルヤムとミスルとは何度も戦火をまじえた。両国の間には海があり、海上通商の権益をめぐって、船団どうしの戦いがおこなわれたのだ。四十年前には、マルヤムの大船団がミスルの海岸にまで押しよせ、船から火矢と油矢を放って海岸に面した家を千軒以上も焼きはらったことすらある。その後、マルヤムの国力は低下して、蓄積された富もへらし、西方からルシタニア軍が侵入してきたときには、充分な軍資金もなくなっていた。

あまりにマルヤムの国力が衰え、軍隊が無力化すると海賊《かいぞく》が横行するようになる。強くなればミスルの権益をおびやかす。ほどほどであってほしいものであった。

さまざまに思案をめぐらしながら、ホサイン三世は使者のようすを観察した。ギスカールから派遣《はけん》されてきた使者は、オラベリアといった。かつてパルスの魔境デマヴァント山におもむき、ヒルメスとギーヴとの戦いを目撃した人物である。ギスカールより先にパルス領から追われてマルヤム領へはいり、凄惨《せいさん》な内戦のなかを生きぬいて、新国王の使者となるまでに地歩《ちほ》をかためたのであった。

「……そうか、それはめでたい。新国王によしなに伝えてくれ」

文字どおりの社交辞令を、ホサイン三世は使った。

「ありがたきお言葉。新国王もホサイン陛下には深く感謝しております。過日《かじつ》、教皇を僭《せん》称《しょう》する逆臣ボダンめが、ホサイン陛下に救援《きゅうえん》を求めてまいった件についても、ご賢明《けんめい》な処置をいただき、御礼の申しようもございませぬ」

「なに、礼にはおよばぬ。それで新国王は、すでに逆臣ボダンを討ち果たされたのかな。であれば、ますます重畳《ちょうじょう》と申すもの」

下目づかいに、ホサイン三世は使者の表情をたしかめた。オラベリアはうやうやしく頭をさげて、表情をつくろった。

「ご心配いただいて恐縮でございます。ボダンめはしぶとく新国王に抵抗をつづけておりますが、いまや辺境の二、三の城を保つのみ。私が帰国いたしましたおりには、滅亡の報を聞くことができましょう。ところで……」

オラベリアは話題を変えた。

「かつてミスル国とマルヤム国との間には、不幸な対立関係がございました」

「ま、幸福とはいえなかったな。それで？」

「それで、われらが新国王が申しますには、両国の対立も前王朝時代のこと。ミスルの敵である前王朝は、すでに滅亡いたしました。今後は両国が手をたずさえ、海上の平和を保ち、公平に富を分かちあおうとのこと。それを申しあげるために、新国王は私めをホサイン陛下のおんもとに遣わしたわけでございます。たとえば……」

「ふむ、たとえば？」

「たとえば、ミスル国がパルス国の無法な侵略を受けるようなことがありましたら、わが新マルヤム王国はこぞってミスル国を応援させていただきまする」

内心で、ホサイン三世は眉をしかめた。なるほど、ギスカールとは喰えぬ奴だ、と思う。国内が安定にむかったら、さっそく謀略外交に乗りだしてきた。ただミスルのご機嫌をとるだけではない。あわよくばミスルをけしかけてパルスと戦わせようとしている。ミスル軍がパルス軍を撃破してくれればしめたものだし、両軍が共倒《ともだお》れになってくれれば、さらにありがたいというものだ。その策《て》に乗るものか、と、ホサイン三世は毒づいた。むろん声には出さない。

「ギスカール王のご好意は、ようわかった。どうやら貴国とわが国とは修好《しゅうこう》を結べそうで、まことに喜ばしい」

いったん言葉を切って、使者を見すえる。

「わが国は平和を好む。パルスとは国境線一本をへだてた隣人《りんじん》の仲。マルヤム同様、パルスとも修好したいものだ」

今度はオラベリアが内心で眉をしかめる順番であったにちがいない。さらに二、三のやりとりがあり、真珠《しんじゅ》細工の贈物《おくりもの》をホサイン王に献上《けんじょう》して、ひとまずオラベリアは退出した。翌日、もっと長時間の謁見《えっけん》がおこなわれることになるだろう。

王宮を出て、オラベリアは宿舎にもどった。彼がマルヤムから乗ってきた船は、ディジレ河口の港につながれている。三百人乗りの巨船《きょせん》で、船室は豪華だが、一か月以上も波に揺られた後では、たとえ多少粗末《そまつ》でも、陸地の宿のほうがありがたい。

宿舎は、小さな湾をへだてて港の反対側にある。石が積まれた埋立地で、白い壁の二階建が亜熱帯の花と樹木にかこまれている。専用の桟橋《さんばし》があり、二十人乗りていどの舟をつなぐことができる。湾に流れこんできたディジレ河の水は、円を描いて湾内を半周し、外海へと流れ出す。上流で大雨が降ったときなど、流されてきた水死体がいくつもつらなって湾内を半周することがある。ミスル名物というにはいささか殺伐《さつばつ》とした光景である。

「閣下、何か上流から流れてまいります」

士官のひとりが叫んだ。正確には、湾内を半周する流れに乗って来たわけだが、かたむいた陽《ひ》を受けてきらめく波の合間に、黒っぽいものが見える。

「人間です。どうやら流木《りゅうぼく》にしがみついたまま意識を失っているようで。助けますか」

「助けろ」

簡潔にオラベリアは命じた。内心、めんどうだとは思ったが、見殺しにもできない。ミスル国にいながらミスル人を見殺しにしたとあっては、外交的にまずいのである。

小舟に四、五人の兵士が乗りこみ、流木に近づいた。手鉤《てかぎ》や棒を使って流木を引きよせる。埋立地の端に立って見守るオラベリアの顔に、何度か塩からい飛沫《しぶき》がかかった。意外に時間がかかったが、やがて小舟は目的を果たしてもどってきた。人体が地上に引きあげられる。

「女です。生きております」

「まだ若いようだな。はて、漁民とも思えんが、事情があって身投げでもしたか」

何気なく、オラベリアは指先で女の濡れた黒い髪をかきわけた。目を閉じた顔があらわれ、それが意外に美しかったので、オラベリアはどきりとした。麻の服の袖《そで》がまくれあがり、肉づきのよい腕があらわになって、何やら複雑な意匠《いしょう》の腕環が見える。オラベリアは立ちあがり、医師を呼ぶよう部下に命じたのであった。

第四章　雷鳴の谷

I

コートカプラ城の上空に黒雲が近づいていた。大気は熱と湿気をはらみ、不快な風となって吹きつけてくる。

城の周囲はシンドゥラ軍の陣営に埋《う》めつくされていた。天幕が張られ、壕《ごう》が掘《ほ》られ、柵《さく》がつくられている。城を包囲して長期戦というかまえだ。

「いやな風だ。かえって蒸し暑くなる」

「雷雨になりそうだな」

「けっこうなことだ。雨の後は、すこしは涼しくなるだろうよ」

シンドゥラ兵たちは汗をぬぐいながら語りあった。南国で生まれ育った彼らだが、噴きでる汗がなかなか乾かない蒸し暑い夏を、好んでいるわけではない。涼しいほうがいいに決まっている。

「仮面兵団は来るかな」

「さあな。ただ仮面兵団がトゥラーン人だとすれば、雷雨が終わるまでは攻撃してくるまいよ」

「どうして?」

「知らんのか。トゥラーン人は雷が大の苦手なのさ」

空を見あげながら彼らはまた汗をぬぐった。黒雲は西からひろがって、空の大半をおおいはじめた。激しく渦まく雲の間に、白いひらめきが踊るのが兵士たちの目に映った。

シンドゥラ軍を指揮するのは、国王《ラージャ》ラジェンドラ二世自身。プラージヤ、アラヴァリの両将軍が国王を補佐している。彼らは天幕のなかで最終的に作戦を確認していた。ラジェンドラは暑さにうだった表情を隠そうともせず、薄い絹を張った楕円形《だえんけい》のうちわで胸もとに風を送りこんでいる。

「よいか、われらシンドゥラ軍は、仮面兵団が突入してきたら適当に戦って奴らを通す。機を見て城内にひそむパルス軍が城門を開く。仮面兵団が城内にはいったら、あとはパルス軍にまかせておけばよい」

プラージヤもアラヴァリも、きちんとこころえている。もっとも重要な点は、「パルス軍にまかせる」ということだ。

「せっかくパルス軍が救援に来てくれて、作戦もたててくれたのだ。肝腎《かんじん》なところは彼らにまかせねば、礼儀にはずれるというものさ」

ラジェンドラはうそぶいた。国王《ラージャ》の性格に慣れているプラージヤとアラヴァリは、「ごもっともで」とうなずく。もっとも、彼らは武人であるから、無法な劫掠《ごうりゃく》をかさねる仮面兵団を、できれば自分たち自身の手で討ち滅ぼしてやりたい。何しろこれまで一方的にやられっぱなしであるから、シンドゥラ軍の面目がたたないのだ。それもラジェンドラにいわせれば、

「面目だけで勝てるなら苦労はせぬわ」

ということになる。よけいな苦労をせずにすむなら、面目の十や二十は相手にくれてやる、というのがラジェンドラの人生哲学であった。

このとき、雷雲の下、コートカプラ城へとせまる騎馬《きば》の隊列があった。士官は銀色の仮面をつけ、兵士も布で顔を隠している。先頭に馬を進める人物は、ラジェンドラと正反対の人生哲学の持主であった。パルス旧王朝の生き残りであるヒルメスは、面目と誇りのために生命をすててもかまわぬ、と思っている。自分だけでなく他人に対してもである。

「風のごとくチュルク領へ去る」

それが当初のヒルメスの計画であった。だがいくつかの齟齬《そご》が、事態をヒルメスの思惑《おもわく》どおりに運ばせなかった。

チュルク軍が国境からシンドゥラ領内へ乱入し、コートカプラ城にたてこもったこと。これが計算を狂わせた最大の原因であった。もっとも重要なことは、パルス軍二万がシンドゥラ領内にいるという事実をヒルメスが正確に把握していなかった、ということである。最初、コートカプラ城の占拠に成功したチュルクのシング将軍は、仮面兵団に使者を送って、合流するよう指示した。このとき、使者はシングの指示だけをヒルメスに伝えた。シングらがパルス軍に惨敗し、追い落とされる形でシンドゥラに乱入した、という事実は告げなかったのである。チュルク軍にとっては、このような醜態《しゅうたい》を仮面兵団に知られたくなかった。いちおう味方ではあるが、仮面兵団は食いつめたトゥラーン人の集団にすぎない。チュルク軍にしてみれば、彼らを真の味方とは思えないのだ。

一方、ヒルメスや仮面兵団にとっては、正確な情報も知らされぬまま、コートカプラ城へ合流するよう強要されても、すなおにしたがえるものではなかった。もともとシング将軍に、仮面兵団に対する指揮権などないのである。ヒルメスに命令できるのはチュルク国王カルハナただひとり。それも命令というより要請《ようせい》であった。

ヒルメスは仮面兵団をひきいてさっさとチュルクに帰国するつもりだった。だがトゥラーン人とチュルク人との対立感情が激して、軍監《ターリキー》を全員殺害してしまった。このまま帰国はできぬ。コートカプラ城のチュルク軍を救って大きな貸しをつくっておくか、あるいはチュルク軍を追い出して城を乗っとるか。いずれにせよコートカプラ城にはいるしかない、と、ヒルメスは考えたのだ。

もとをただせば、シンドゥラ方面の軍事行動全般について、最高指揮官を決定しておかなかったチュルク国王カルハナの失敗である。何もかも自分ひとりで決定し、支配しようとしていたカルハナのやりかたに無理があったのだ。あとになって王族のカドフィセスを派遣したものの、これは有力な貴族を追いはらうためであった。

それでも最初はうまくいくはずだったのだ。仮面兵団はシンドゥラの西北部一帯を暴風雨のごとく荒らしまわる。パルス軍がカーヴェリー河をこえて救援に駆けつけたら、待機していたシング将軍の精鋭五万が、国境から洪水のごとく突入して、パルス軍の後背《こうはい》を絶《た》つ。必要とあらば、つぎつぎと国境から兵力を投入する。一挙に、大陸南方の覇権をにぎることもできたかもしれない。

カルハナ王の野望と計算は、みじんに砕《くだ》かれた。ただひとりの、絵のへたな、口の悪い人物が、未然に歴史を変えてしまったのだ。

その人物、パルスの副宰相《フラマート》にして宮廷画家であるナルサス卿は、コートカプラ城内の広間にいた。コートカプラはあくまでも戦争用の城であって、宮殿ではない。素朴な石づくりの建物で、装飾らしいものはないが、広間の円天井《まるてんじょう》にだけはあざやかな色彩の磁器タイルが貼ってあり、すこしはきらびやかである。

「いいタイルだ。天井一面に絵を描《か》いたら、ずいぶんと優雅なおもむきになるだろう」

のんびりとナルサスが円天井を見あげる。彼と肩を並べた黒衣の騎士は、窓を白くかがやかす雷光《らいこう》のほうに気をとられた。

「魔神《まじん》どもが、ことあれかしと望んでいるような天候だ。おぬしの思惑どおり、仮面の掠奪者《りゃくだつしゃ》どもはこの城に来るだろうか、ナルサス」

「さて、来るかもしれず、来ないかもしれず」

ナルサスは悠然《ゆうぜん》として見えるが、その思考は火花が散るほどに熱い。彼はこのシンドゥラ辺境の城で、パルスの過去からあらわれる亡霊を処断するつもりだった。だが、亡霊があらわれず、チュルクに去ってしまったらどうするか。

「そのときはチュルクとの国境にある関門を閉ざしてしまえばよい。あとはチュルク国内で何がおころうと知ったことではないさ」

というのも、チュルク国王カルハナに対しては、すでに策《て》を打ってあるからだ。カドフイセス卿の筆蹟《ひっせき》をまねた偽《にせ》手紙が役に立つはずであった。

ヒルメス個人については、ダリューンもナルサスも口に出さなかった。口に出しても詮《せん》ないことである。パルスの玉座を彼に渡すわけにはいかない。同情を寄せたとしても、ヒルメスを傷つけ、憤怒《ふんぬ》を招くだけであろう。彼が鋭鋒《えいほう》をむけてくれば、受けて立ち、斬るしかない。それはダリューンの役目である。というより、ダリューン以外の者にヒルメスは斬れぬであろう。ヒルメスをどうするか、という点について、最後に彼らふたりが話しあったのは、コートカプラに入城する前のことだ。

「たしかにヒルメス殿下は伯父《おじ》の仇だが、いちおう主筋《しゅすじ》にはちがいない。いささか、おれとしてはこだわりがあるな」

「気にするな、ダリューン。おれにとっても主筋だ」

「おれが返り討ちになったらどうする。ヒルメス王子はお強いぞ」

「そのときは陛下がお嘆《なげ》きになるだけのことだな」

「だけのこと」という友人の突き放したいいかたが、ダリューンには痛かった。まったくダリューン以上につらいのはアルスラーンであるにちがいない。「天空に太陽はふたつなく、地上に国王《シャーオ》はただひとり」——あまりにも有名な詩の一節を、ダリューンは思いおこさずにいられなかったのだ……。

タイルの円天井に、かろやかな弦の音が反射している。琵琶《ウード》の音だった。「流浪の楽士」ギーヴが戦いを前に演奏しているのだ。とはいっても、死にゆく戦士たちを悼《いた》むとか、平和を願うとか、そんな殊勝《しゅしょう》な音楽ではない。彼の音楽も詩も剣も口車も、すべては美に奉仕《ほうし》するのが目的である。つまり、窓辺に立つ黒い髪と緑の瞳の女神官《カーヒーナ》に。

「うるわしのファランギースどの、ほどなく恋より流血を好む輩《やから》の手によって、この谷はシンドゥラ最大の墓場となろう。いたわしいことだ」

「それだけ広い墓場なら、ちゃんとおぬしの席もあるのだろうな」

「うーむ、いっしょに埋められるのが男だけというのが、何とも不愉快だが、おれはファランギースどのの笑顔のためなら、よろこんで死ねるぞ」

「べつの死甲斐《しにがい》を見つけたがよかろうと思うが」

そっけない美女の声も、吟遊《ぎんゆう》詩人の情熱に冷水をあびせることはできなかった。ギーヴは二音節ほど琵琶《ウード》をかき鳴らすと、つねにもましてぬけぬけと答えた。

「いや、何しろおれは無器用な男でな。ひとたび心に想い女《びと》をさだめると、他の女など眼中になくなるのだ。まこと、ファランギースどのは太陽。あまたの星々も光を消されてしまう」

「口巧者《くちごうしゃ》なことじゃ。チュルクの美女がどうしたの、シンドゥラの佳人《かじん》がこうしたの、華やかな噂のかずかずは、おぬしの弁明を裏ぎると思わぬか」

「いやあ、ファランギースどの、女神官《カーヒーナ》たるあなたのお耳を汚したのは恐縮なれど、事実と異《こと》なる噂を立てたのも、ひとえにあなたのご注意を惹《ひ》かんがため。恋する男の愚《おろ》かさを

笑うてくれ
「笑うのもばかばかしいが、愚かさを認めるにやぶさかではないぞ」

窓から熱気と湿気をおびた不快な風が吹きこんで、黒絹のようなファランギースの髪をなぶった。ギーヴが琵琶をかき鳴らす。

「やれ、気のきかぬ風だ。どうせなら薄衣《うすもの》をそよがせればよいに」

「いまさら問うのも不毛だが、おぬしにとって芸術とやらはどんな意義を持つのじゃ？」

「おれにいわせると、芸術も宗教も同じことさ。美女の憂愁《うれい》を解くこともできないようでは、存在する意義がない」

軽口のなかに、たいそう真摯《しんし》なひとかけらがまじっていた。そのことをファランギースは感じとったようだが、口に出してはこういった。

「ところがな、芸術家と宗教家は、しばしばかえって人を迷わせるものじゃ。だからといって、おぬしが真の芸術家というわけではないが」

沈黙したギーヴをその場に残して、ファランギースは廊下を歩んだ。

「おや、アルフリード、ナルサス卿といっしょではなかったのか」

元気よくアルフリードが駆けてきた。もう二十歳になるが、成熟より、溌剌《はつらつ》さがまさる。

「いまダリューン卿とすごく深刻な話をしてるんだ。じゃましちゃいけないんだよ」

「……おぬしはナルサス卿に対して、まったく辛抱《しんぼう》づよいのう」

それは、たぶんファランギースらしからぬ問いかけであったろう。アルフリードはほんの一瞬、不思議そうに美しい女神官を見返したが、すなおな口調で答えた。

「あたしにそれだけの価値があれば、ナルサスはいつか振りむいてくれると思うんだ。あせるつもりはないよ。白髪《しらが》の爺《じい》さん婆《ばあ》さんになってても恋はできるはずだものね」

「そうじゃな」

ファランギースは笑った。どこか、妹に対する姉のような表情にも見える。

「アルフリードなら、そうであろうな。おぬしは心が老いるということを、生涯、知らずにすむであろう」

「ほめてもらったと思っていいの？」

「おや、わたしは絶讃《ぜっさん》したつもりだが、そうは聴《き》こえなかったのかな」

かるくアルフリードの肩に手をおくと、ファランギースは涼風《りょうふう》が吹きわたるような足どりで歩み去った。シトロンに似た香料の微香がアルフリードの嗅覚に残された。

アルフリードが踵《きびす》を返して十歩もいかぬうち、廊下の角でエラムに出くわした。両手に盆を持ち、それに空《から》の食器がのっている。牢内《ろうない》のカドフィセスに食事を運んできたのだ。アルフリードの顔を見るなり、習慣的にエラムは皮肉をとばした。

「えらく機嫌がいいんだな、アルフリード。またナルサスさまにご迷惑をかける方法でも考えたのか」

「ふふーん」

「何だよ、気色悪い」

「あんたはまだ子供だからわからないだろうけどね。誰かを好きでいられるって、とっても幸福なことなんだよ」

鼻白んだエラムが反撃しようとしたとき。

エラムの半面が純白にかがやいた。ついで表現しがたい轟音《ごうおん》が耳を蹴りつけた。アルフリードは思わず両耳をおさえてしゃがみこんでしまったし、エラムも一瞬立ちすくんでしまった。窓の外に、雨が白い幕をかけはじめた。

II

「降りはじめたな」

つぶやいたギーヴが、彼に似あわず、うそ寒さを感じたように肩をすぼめた。琵琶《ウード》を壁ぎわにおくと、腰の剣をたしかめる。その前を、鋭く引きしまった表情でファランギースが通りすぎる。

「おうい、ファランギースどの、お声もかけてくださらぬとは、つれない、つれない」

ことさら陽気な声で、ギーヴが後を追う。

そのときすでに城外では血と泥の乱舞《らんぶ》がはじまっていた。シンドゥラ軍の陣営の一角で見張りの兵士が叫び声をあげたのだ。

「仮面――」

言葉は宙で断ちきれた。二本の槍が同時にシンドゥラ兵の胴をつらぬき、その身体を空中へ放りあげた。降りしきる雨に人血がまじり、赤い飛沫《しぶき》が宙を走りぬけた。

「来た！　奴らが来たぞ！」

報告の声は悲鳴に急変した。青空に雷雲《らいうん》がむらがりおこる勢いで、仮面兵団はシンドゥラ軍の陣営に乱入してきたのだ。雨にたたかれて、地上はすでに泥濘《でいねい》と化しつつある。馬《ば》蹄《てい》の左右に泥をはねあげ、剣を水平にはらうと、シンドゥラ歩兵の首が血の尾をひいて宙に飛ぶ。泥水の小川となった壕《ごう》を飛びこえ、天幕をささえる綱を斬り、柵《さく》に革紐《かわひも》をひっかけて数頭がかりで引きずりたおす。おそるべき強さと速さで、仮面兵団はシンドゥラ軍の陣営を潰乱《かいらん》させた。血飛沫《ちしぶき》と悲鳴が雨を裂くと、倒れるのは決まってシンドゥラ兵なのである。

たちまち仮面兵団は鋼《はがね》の奔流《ほんりゅう》となってコートカプラの城門に達した。声をそろえて「開門！」と呼びかける。声は雷鳴と雨音にかき消されたが、城門はすぐに開いた。開いた門から、仮面兵団の騎馬がつぎつぎと城内に躍りこむ。その数は千、二千とふくれあがり、完全に強行突破は成功したと思われた。

まさにそのとき状況が一変した。雨音が、さながら滝のようなすさまじさに変わった。城壁から地上へむけて、数千の弓がいっせいに矢を放ったのだ。避けようがない。仮面兵団の人馬は、矢の雨とほんものの雨の下でつぎつぎと倒れていった。

「へぼ画家の小細工かッ」

その怒号が、銀仮面の正体を雄弁に物語った。地上でただひとり、ヒルメスだけがこのようないいかたをするのだ。

まんまとヒルメスはナルサスの罠にはまった。だが、誰のどのような罠にはまったか、一瞬でヒルメスはさとったのである。彼が知らぬ間にパルス軍はシンドゥラ領内に潜伏していたのだ。しかもコートカプラ城のチュルク軍を追い出し、そのあとに居すわって、仮面兵団がやって来るのを待ちかまえていたのである。

「引き返しますか、銀仮面卿!?」

ブルハーンが叫んだ。降りそそぐ矢を剣ではらいおとしながら。ヒルメスは頭《かぶり》を振った。

「突入する。おれにつづけ」

ここで引き返そうとしても、いっそうの混乱におちいり、一方的に殺されていくだけだ。突進して敵を斃《たお》す以外に、方途《みち》はなかった。彼はかるく片手をあげると、後も見ずに馬を疾駆《しっく》させた。

チュルクの雪道で「ついてこられない奴は死ね」と叱咤《しった》したように、ヒルメスは、苛烈《かれつ》きわまる統帥者《とうすいしゃ》だった。彼の指揮についてこられぬ者は死ぬしかない。今日もあえてトゥラーン人が恐れる雷雨のなかで作戦を決行したのだ。矢と水が激しく降りそそぎ、雷光《らいこう》がひらめくなか、ヒルメスは城内の道を疾駆した。彼につづいて仮面兵団も疾走する。矢をあびて倒れる者が続出するが、疾走はやまない。

「死兵《しへい》だな」

城壁の上で、アルスラーンはつぶやいた。死を決した軍隊のおそろしさを、若い国王《シャーオ》は承知している。まだ十八歳だが、歴戦といってよいアルスラーンであった。

「陛下には、ここをお動きになりませぬよう」

傍《そば》にひかえるファランギースがいう。アルスラーンが血気にまかせてむやみに動くようなことがあれば、ナルサスの軍略がくずれてしまうのだ。

「わかった」

アルスラーンがうなずくと、黄金の冑《かぶと》から雨水が落ちて小さな流れをつくった。彼は実戦を指揮するためではなく、戦いの結果に責任をとるために、ここにいた。ナルサスやダリューンがあえて口にしなかったことを、アルスラーンは承知していた。

疾走をつづける仮面兵団の列が急激に乱れた。絶鳴《ぜつめい》がひびき、血柱が噴きあがり、騎手を失った馬が狂ったように列を離れて走りだす。横あいから騎馬の一隊が忽然《こつぜん》とあらわれ、白兵戦をいどんできたのだ。雷光と乱刃《らんじん》のただなかに、ヒルメスは見た。黒衣黒馬の騎士が彼の前に躍り立つのを。ヒルメスは苦々しく笑った。

「ヴァフリーズの甥《おい》だな。おめおめと僭王《せんおう》につかえ、祖先の名をはずかしめるか」

その言葉に、ダリューンの眉が動いた。彼は銀仮面を見つめ、ゆっくりとうなずいた。

「なるほど、ヒルメス殿下は過去に生きる御方《おかた》だ。誰それの息子、誰それの甥、誰それの子孫。そのようなことがそれほどだいじか」

「何をくだらぬことを」

冷笑して、ヒルメスは長剣をひと振りした。血と雨水が宝石のようにきらめいたのは、雷光を受けてのことである。一瞬の間をおいて、強烈な雷鳴が天と地をとどろかせた。

コートカプラ城が地上に建てられて以来、これほど傑出したふたりの剣士が一騎打ちを演じるのは、はじめてのことであったろう。ダリューンめがけて槍で突きかかろうとする部下を制し、ヒルメスは長剣を持ちなおした。両眼に宿った光は、雷光よりすさまじい。

「きさまがいて、へぼ画家めがいる。つまりアルスラーンめもどこかに隠れているということだな。まずきさまの首をはね、他のふたりも引きずりだして、胡狼《ジャッカル》の餌にしてくれよう」

ダリューンは答えない。無言のまま長大な剣をにぎりなおす。同時だった。馬腹を蹴って、ヒルメスは黒衣の騎士におそいかかった。

「………！」

「………！」

両者とも叫びをあげたが、言葉にならない。激突した刀身は百万の火花をまき散らして、たがいに弾きかえされた。すれちがう二頭の馬が、戦意をこめていななく。雨中、両雄は正反対に位置をかえてふたたびにらみあった。

またも近くで落雷した。

その残響がなお耳にとどろくなか、ふたたびダリューンとヒルメスは馬腹を蹴った。滝かとも思われる強い雨をついて、二頭の馬が突進する。

馬と馬とが衝突した。高々と前肢《まえあし》をあげていななく。その鞍上《あんじょう》で、両者はたがいの長剣をかざし、猛烈に撃《う》ちあった。

ダリューンの頭部めがけて、ヒルメスが斬撃《ざんげき》をたたきこむ。額の寸前でそれをはね返すと、ダリューンがヒルメスの頸部《けいぶ》をねらって白刃《はくじん》を撃ちこむ。火花が小さな雷火《らいか》となって飛散し、すさまじい刃音が雨音を切りさいた。

右にはらう。左になぐ。咽喉《のど》をねらって突きこみ、上半身をひねって受け流す。一合、また一合。一撃、また一撃。なみの兵士ならたちまち斬殺《ざんさつ》されているにちがいない、圧倒的な斬撃を、両雄はたがいにもちこたえた。

馬もまた激しい闘志をしめして、躍りあい、ぶつかりあう。高々とはねる泥は、ダリューンやヒルメスの冑まで汚し、それを雨が洗い落とす。

「ヴァフリーズのもとへ行け！」

ののしりながらヒルメスがたたきこんだ一撃は、青く赤く火花をまき散らして、ダリューンの剣の鍔《つば》に激突した。鍔がまっぷたつに割れ、雨中に飛んで見えなくなる。ひるむ色もなくダリューンは反撃し、ヒルメスは受けそこねて胸甲《きょうこう》を直撃された。胸甲に白くひびがはいり、ヒルメスは瞬間、息がつまった。すばやく馬を移動させてつぎの攻撃をかわす。双方、呼吸をととのえ、さらに激しく剣を撃ちかわした。

III

雷雨のなかで、死闘は無限につづくかと見えた。実際、パルス軍と仮面部隊との戦闘全体が終わるまで、両者は斬撃をかわしあったのだ。百合《ひゃくごう》をはるかにこえたにちがいない。火花と刃音。攻撃と防御。雨と泥。雷光と暗雲。めくるめく斬撃の応酬は、しだいにひとつの方向をしめしはじめた。

わずかの差。十対九ほどの差ではない。百対九十九の差さえないであろう。だが、たしかにダリューンがヒルメスを上まわっていた。それを感じとったのはヒルメスであった。ヒルメスが傑出した剣士であるからこそわかったのだ。そして、それはヒルメスにとって耐えがたい屈辱であった。

このおれがヴァフリーズの甥《おい》めに負けるというのか!?

かつてアルスラーンと剣をまじえて、ヒルメスは勝てなかった。だがそれは、アルスラーンの剣が宝剣ルクナバードであったからだ。ダリューンとは完全に互角だった。それが、いま、わずかに差がついた。三年余の間に、ダリューンが伸びたほどにはヒルメスは伸びなかったのである。

長い激しい決闘に耐えられなくなった者があらわれた。老練なトゥラーンの武将クトルミシュである。彼は馬を駆って両雄の間に割りこんだ。

「銀仮面卿、ここはそれがしが引き受けますゆえ」

クトルミシュは、このとき銀色の仮面をぬぎすて、素顔をさらしている。この期《ご》におよんで、敵をあざむくために仮面をつける必要もなかった。

彼が激闘の場に割ってはいったのは、ヒルメスに、決闘から解放されて全軍の指揮をとってもらうためである。だが、激怒したのはダリューンではなくヒルメスのほうであった。クトルミシュの行動は、ヒルメスの誇りを傷つけてしまったのだ。

「じゃまするか！　どけっ」

怒号と同時に、ヒルメスの長剣がうなった。

白刃《はくじん》は斜め下からクトルミシュのあごを割りくだき、骨を断《た》って頸動脈《けいどうみゃく》を斬り裂いた。歴戦のトゥラーン騎士も、あまりにも意外な一撃を、受けることも避けることもできなかった。クトルミシュは鮮血の噴水を宙につくりながら、馬上から吹きとんだ。泥濘《でいねい》にたたきつけられたとき、「なぜ」と問う形に口が開いたが、たちまち両眼から光が喪《うしな》われていった。血は泥に吸われ、雨に打たれて、みるみる色を消していく。

この惨劇はダリューンを愕然《がくぜん》とさせたが、張本人であったヒルメスにも衝撃を与えた。

「しまった……！」

血と泥にまみれたクトルミシュの死顔が、ヒルメスの瞳《ひとみ》に灼《や》きついた。煮えたぎった激情が一瞬に冷めて、悪寒がヒルメスをとらえる。ヒルメスは絶叫した。悪寒を吹きとばすための絶叫だった。彼は大きく長剣を振りまわし、ダリューンに斬ってかかった。惨劇の目撃者であるダリューンをこの世から消してしまわないかぎり、ヒルメスは、自分自身を赦《ゆる》すことができなかった。

ダリューンはヒルメスの強烈な斬撃をまっこうから受けとめた。火花と刃音。ダリューンは強靭《きょうじん》な手首をひるがえし、ヒルメスの剣を引っぱずすと、かえす一撃でヒルメスの冑を撃った。さらに間髪いれぬ第二撃が、ヒルメスの剣に落下する。異様な音がして、ヒルメスの剣は半ばから折れた。白刃が車輪のごとく宙を回転し、泥に突き刺さった。

「死ねぬ。このままでは死ねぬ」

その思いが脳裏にひらめいたとき、ヒルメスは激しく行動していた。誰にも想像できぬ行動だった。折れた剣で形だけの反撃を見せて、ダリューンを後退させると、にわかにヒルメスは馬首をひるがえして逃げだしたのである。

ヒルメスが逃げる。どのように強烈な反撃よりも、これはダリューンをおどろかせた。反射的な一撃も空《くう》を斬って、ダリューンは黒馬の鞍上《あんじょう》でよろめいた。体勢をたてなおしたとき、ヒルメスは三十歩ほど先を走っている。馬のたてがみに仮面を伏せて、泥をはねあげ、背を雨に打たせながら、ヒルメスは逃げていった。

ダリューンとヒルメスとの間には、たちまち混戦のもやがたちこめて、追跡をはばんでしまった。やや茫然《ぼうぜん》とダリューンは黒馬をたてている。

このとき、城外でも死闘が終わりかけていた。仮面兵団は掠奪《りゃくだつ》した財貨《ざいか》や食糧《しょくりょう》を車につんでいたのだが、それを城内に運びこむことができなかった。いったん道を開いたシンドゥラ軍が、三方向から仮面兵団をつつみこみ、激しく揉みたててきたのだ。

「もともと、われらシンドゥラ人の財貨だ。掠奪者どもからとりかえせ!」

馬上でラジェンドラが号令する。ご自慢の白馬も泥水をかぶって、ナバタイ国の縞馬《しまうま》のようだ。

ラジェンドラは、味方をけしかけるだけではなかった。兵士三名がひと組となって一騎のトゥラーン兵を相手どり、まず馬の肢《あし》を斬るよう指示した。馬が傷つき倒れると、トゥラーン兵は徒歩になる。そこを三名で包囲して槍を突きこむ。トゥラーン兵をかならず殺して首をあげる必要はない。戦闘力を奪ってしまえばよいのだ。そして、トゥラーン兵ひとりを倒すと、その組は、左どなりで戦っている味方を助ける。こうして、ほとんど混乱なしに、シンドゥラ兵たちは、自分たちより強いトゥラーン兵をかたづけていった。

「パルスの軍師を敵にまわしたくございませぬなあ」

アラヴァリ将軍が感歎《かんたん》する。これはナルサスがシンドゥラ軍に教えた戦法だった。

パルス軍に属するトゥラーン人ジムサは、さすがに城内の殺戮《さつりく》に参加する気になれず、城門の近くで黙然《もくぜん》と馬を立てていた。いきなりのことである。

「兄者！」

叫びとともに剣光が走って、身をひるがえしたジムサの軍衣の袖《そで》が音高く裂けた。泥と水をはねあげながら、二頭の馬はたがいの位置を変えた。

「ブルハーンか」

ジムサはうなった。このときブルハーンも仮面をとって素顔をさらしていたのである。

「大きくなった、といってやりたいところだが、これは何のまねだ。実の兄に剣をむけるか、罰あたりめ」

「故郷をすててパルスの宮廷などにつかえたのは兄者ではないか！」

「お前もつかえろ」

ジムサは弟より落ちついている。油断なく剣をかまえながら説得した。

「アルスラーン陛下におつかえして、おれも多少の功績をたてた。それをもって、お前が陛下に敵対した償《つぐな》いとさせていただこう。武器をすててついてこい。陛下にお目通りさせてやる」

「兄者は異国の王を陛下と呼ぶのか！」

ブルハーンが声を高めると、ジムサはやりかえした。

「お前が首領とあおぐ人物もトゥラーン人ではあるまいが。異国の王だろうと、器量をしたう点でちがいなかろう」

「ちがう、ちがう！」

ブルハーンは歯ぎしりした。若々しい顔がびしょ濡れになっているのは、雨か口惜《くや》し涙か、判断できない。

「銀仮面卿は、おれたちトゥラーン人のことを心から案じて下さるのだ。だからおれも、あの方に忠誠をつくす」

「奴のことを、おれはよく知らん。だが考えてみろ。お前たちは利用されているだけではないのか」

「銀仮面卿を悪くいえば、兄者とて赦《ゆる》さぬ」

「斬りかかってきたくせに、何がいまさら赦さぬだ」

「あれは兄者の注意をひくためだ。だから手かげんしてやったではないか」

「手かげんだと？　嘴《くちばし》の黄色い雛鳥《ひなどり》が、えらそうなことをぬかすな。お前なんぞが手かげんして勝てる相手は仔羊《こひつじ》ぐらいのものだ」

「あなどるのもほどほどにしろ。故郷をすてた根なし草のくせに」

「だまれ、半人前！」

このあたりになると、単なる兄弟げんかである。雨と雷鳴のなか、トゥラーン語でどなりあいながら、ふたりとも第二撃をくりだそうとはしなかった。だが、周囲の状況は大きく変わりつつあった。雨の勢いが弱まり、雷鳴が遠ざかる。そして戦いも終わりに近づいていた。コートカプラの城内でも城外でも、トゥラーン兵たちは追いつめられ、斬りたてられて、しだいに数をへらしていった。

弱まった雨を引き裂いて、銀色の線が宙をななめに走った。高い音がして、ブルハーンの冑に矢がはねかえる。それがきっかけとなって、ブルハーンは剣を引き、馬首をめぐらして、兄の前から走り去った。

このときジムサが吹矢を使っていれば、ブルハーンは倒されていたにちがいない。だがジムサはひとつ頭を振っただけで弟を見逃した。

「あれでよろしいので、陛下？」

城壁上で弓を手にギーヴが主君に問うている。無言でアルスラーンがうなずく。

光が地上に投げかけられてきた。雷光ではなく、雲が切れて、太陽の光が地上にとどいたのだ。白く温かく美しい光であったが、照らしだした光景は悽惨《せいさん》をきわめた。コートカプラの谷は一面の泥沼と化し、そこに一万をこえる人馬の死体が横たわっている。

だが、そのなかにヒルメスの姿はない。

Ⅳ

アルスラーンはファランギースやエラムとともに城壁をおりた。馬を近づけたナルサスが、一礼して戦勝を報告する。

「ヒルメスどのは逃げたか」

「城外にはイスファーンの騎馬隊が伏せております。まず逃がすことはございますまい」

ナルサスの声は冷たく乾いている。冷厳に徹しないかぎり、ヒルメス王子を討ち滅ぼせるものではなかった。

アルスラーンはうなずいた。絹の国《セリカ》の煎薬《せんじぐすり》を飲まされたような表情だったが、「何とか助けられないか」とはいわなかった。それは部下たちの努力を無にするばかりでなく、アルスラーンの統治そのものを否定することになるのだ。

コートカプラ城の西南、一ファルサング（約五キロ）の地で、ヒルメスは、敗走してきた味方を集めた。傷つき、疲れはてていたが、それでも千騎以上が死地《しち》からの脱出に成功していた。ドルグとクトルミシュの姿はなかったが、ブルハーンは健在であった。彼らをひきいて、ヒルメスはさらに道を西南にとった。

二匹の仔狼《こおおかみ》がイスファーンの足もとにじゃれつく。チュルク国内を縦断したとき、雪道でイスファーンがひろったのだ。親狼が死んで、迷い出たらしい。イスファーンは「狼に育てられた者《ファルハーディン》」という異名を持つ。赤ん坊のころ山中に棄《す》てられ、兄のシャプールに救われるまで狼の乳で生命を守られた。赤ん坊のころなので記憶があるわけではないが、話を聞いて、狼には何となく親しみをおぼえていた。

仔狼といっても母親の乳をのむ時期はすぎている。イスファーンは餌として羊肉と小麦の粥《かゆ》を与えた。粥をつくる暇《ひま》もない行軍のときには、自分で噛《か》んでやわらかくした肉を与える。鞍《くら》の横に麻《あさ》の袋《ふくろ》をさげ、そこに二匹をいれて、チュルクからシンドゥラへと、イスファーンは戦いつつ駆けぬけてきたのである。

「仔狼を助けたというが、夜になると見目《みめ》うるわしい乙女《おとめ》に化けるのとちがうか」

とからかう者もいたが、イスファーンは気にとめなかった。赤みをおびた毛色の仔を

「火星《バハーラム》」、右目のまわりに輪のような濃い色の毛がある仔を「土星《カイヴァーン》」と名づけた。

二匹の仔狼が低いうなり声をだして身がまえた。イスファーンの足もとで、生命の恩人を守るつもりか、毛をさかだてて東北の方角をにらむ。

「火星《バハーラム》！　土星《カイヴァーン》！　今日のところはおとなしくしていろ」

星の名をつけられた二匹の小さな勇者は、首根をつかまれて袋に放りこまれてしまった。イスファーンは馬上の人となると、ひきいる千五百騎の兵に手をあげて合図した。

泥流と化した道を避け、比較的かわいた高地の道を選んで、ヒルメスたちは疾走してきた。掠奪《りゃくだつ》した物資をすて、戦死した仲間をすて、名誉をすてて逃げてきたのだ。その彼らめがけて、伏兵がおそいかかった。それこそ雷雲がふたたび湧きおこるように、イスファーンたちは稜線《りょうせん》を躍りこえ、敗軍の列を真横からついたのである。

人数はほぼ互角だった。だが、疲労度と戦意がまるでちがう。地形的にもパルス軍が有利だった。馬上からの最初の斉射《せいしゃ》で、トゥラーン兵五十数人が鞍上から転落した。第二射で三十人が倒れた。第三射はなく、パルス兵たちは弓を剣にかえて突進した。白刃がきらめき、血が飛び散り、つぎつぎとトゥラーン人は斬り伏せられた。

だが、ヒルメスの死力《しりょく》は、包囲陣の一角を彼に突破させていた。折れた剣をふるって敵の顔面を突き、手を傷つけ、近づく者を蹴り落とし、ついには敵の槍を奪いとって右に左に突き刺し、なぐり倒した。あまりのすさまじさに、さすが勇猛なパルス騎兵もたじろぎ、ヒルメスの突破を許してしまったのである。

ヒルメスの執念《しゅうねん》が勝った。生に対する執念ではなく、名誉に対する執念である。ナルサスの詭計《きけい》にはまり、ダリューンの剣に押され、逆上してクトルミシュを手にかけた。コートカプラは屈辱の地となった。再起して名誉を回復せぬかぎり、ヒルメスは死ねなかった。

このとき、ヒルメスとともに戦場を離脱できた将兵は、百騎ほどにすぎなかった。仮面兵団は潰滅《かいめつ》したのである。

長い雷雨がやみ、肌寒いほどの涼気《りょうき》がコートカプラの谷をつつんだ。

パルス国王《シャーオ》アルスラーンと、シンドゥラ国王《ラージャ》ラジェンドラの両者は、馬をならべて戦場を見まわり、生き残った将兵の労をねぎらった。仮面兵団だけで八千をこす死者が泥濘《でいねい》のなかに倒れ、矢や剣や槍が突き立って日光を弱々しく反射している。シンドゥラ軍の死者は二千五百、パルス軍の死者は五百。泥と血にまみれた勝利だった。

「これではなあ。トゥラーン人という民族そのものが滅亡してしまうかもしれんて」

ラジェンドラが、めずらしく同情した。この場合、同情しても損をしないですむ。勝利者としての余裕もある。だが、逆にいうと、損得に関係ないところではラジェンドラはいたって善良なのだった。

アルスラーンも気が重い。死者の半ばは、彼と同年代か、あるいはそれ以下の少年であった。このような若者たちが多く戦場に倒れたことを思うと、心が傷まずにいられない。だが。

「少年だから、あるいは飢えているからといって、他国から掠奪し、民衆を殺してもよいということにはなりませぬ。感傷はどうかほどほどに」

あえて冷然と、ナルサスは正論をとなえた。アルスラーンもラジェンドラも黙然《もくぜん》とうなずく。ほどなく気をとりなおしたように、ラジェンドラがべつの話題を持ちだした。孤独な囚人カドフィセスのあつかいをどうするかということである。

「どうだろう、カドフィセス卿の身柄はおれがあずかろうと思うのだが」

「ですが、ラジェンドラどの」

「いやいや、アルスラーンどのには、わざわざパルスから救援に来てもらった。この上、カドフィセス卿の世話まで押しつけては、あまりにずうずうしいというもの。カドフィセス卿の食費ぐらいは、おれが負担して進ぜる」

ラジェンドラらしい言いかただが、陽気な口調に、アルスラーンの表情がやわらいだ。即答はせず、アルスラーンはナルサスの表情を見やった。ナルサスが微笑とともに一礼する。こうして、カドフィセスの身はラジェンドラがあずかることになった。

馬を寄せて、エラムが恩師にささやいた。

「よろしいのですか、ナルサスさま」

「何が？」

「カドフィセス卿をラジェンドラ王に引き渡してしまうことがです。まずくはないでしょうか」

「なぜまずいとエラムは思うのだ」

ナルサスは興味をこめて愛弟子《まなでし》を見やった。エラムは考えを整理しつつ答える。

「カドフィセス卿はチュルク国の貴族で、王位を継承する資格があるのでしょう。ラジェンドラ王が彼を手にいれたら、外交や謀略《ぼうりゃく》の道具として、いろいろ利用するに決まっています」

「うん、うん」

「いずれはカドフィセス卿をチュルクの王位につけて、シンドゥラの属国にでもするつもりではないでしょうか」

「ラジェンドラ王はそう考えているだろうな、たしかに」

「ナルサスさま、それなら……」

「だがな、エラム、物事にはつねにべつの側面があるぞ」

ナルサスはあごをなでた。

「カドフィセス卿は道具でもあるが火種でもある。彼がシンドゥラ国にいると知れれば、カルハナ王は心おだやかではあるまい。チュルクの敵意はシンドゥラに対して向けられる。パルスでなくて」

「はい、わかります。その危険をラジェンドラ王は考えなかったのでしょうか」

「いや、考えた上でのことだろう」

愉快そうにナルサスは空を見あげた。

「いざとなればカドフィセスの首をチュルクに送って、カルハナ王のご機嫌をとるという策《て》もある。それがラジェンドラ王の思惑だろうよ」

それではカドフィセス卿が気の毒なようだが、あの男にも野心と才覚がある。自分自身を救うよう努力してみるべきだ。そうナルサスはいうのだった。

イスファーンが帰ってきて国王《シャーオ》に復命した。

「申しわけございませぬ、陛下、仮面兵団の総帥を討ちもらしました」

「いや、イスファーン、気にすることはない。仮面兵団は敗れ、無力化した。出兵の目的は果たせた。ご苦労だった」

内心、アルスラーンはほっとしている。王者の義務をこころえてはいるが、ヒルメスの生首を見るのはあまりにも気分が悪かった。むろんアルスラーンの安堵《あんど》は一時のものにすぎない。いやなことが将来《さき》に延びた、というだけのことであった。そう自分に言い聞かせながらも、イスファーンの足もとで小さな尾を振る二匹の仔狼を見て、アルスラーンは口もとをほころばせるのだった。

エラムはまたナルサスに話しかけている。

「正直、意外でした、ナルサスさま。ヒルメス王子はコートカプラ城に目もくれず、チュルクへもどるものと思っておりました」

「そう、それがもっともよい方法だ。おそらく一度はそう考えただろう」

だがナルサスの策略は、どこまでも辛辣《しんらつ》であった。彼はコートカプラ城からチュルク軍を追い出し、国境までシンドゥラ軍に護送させた。そのとき、ナルサスはラジェンドラ二世に申しこみ、国境にそのままシンドゥラ軍をとどめておいた。このシンドゥラ軍は壕《ごう》と柵《さく》を形ばかりととのえ、さらに流言をまきちらした。

「国境にシンドゥラの大軍が陣地をきずき、仮面兵団の帰還を阻止しようとしている。陣地の攻略に時間がかかれば、後背からシンドゥラ軍の主力がおそいかかって、仮面兵団をはさみうちするだろう」

という内容である。この流言を耳にすれば、ヒルメスはためらうにちがいない。トゥラーン兵は陣地戦が苦手だし、後背をおそわれるのは好ましくない。

仮にヒルメスがその流言を無視して、チュルク国境へ直進したら、流言が単なる流言に終わらず、事実となるだけのことである。さらにまた、ヒルメスが短期間に国境を突破してチュルクに逃げこんだら、そのときこそ、カドフィセスの筆蹟《ひっせき》をまねて書かれた偽手紙が役に立つ。その偽手紙には、つぎのように書いてあった。

「私カドフィセスは、今後いっさいカルハナ王の命令にしたがわぬ。王は数万の兵士を敵国中に孤立させて、援軍も出さぬような冷酷な人だ。私はパルス国の王族ヒルメス卿と協力し、チュルク国に仁慈《じんじ》ある政事《まつりごと》をもたらすよう努《つと》めるものである」

この手紙を受けとったチュルク国王カルハナが、どのような態度をとるか。すくなくとも、ヒルメスに対していくらかの疑念をいだくにちがいない。あとはナルサスが風を送って、疑念の炎を大きくしてやるだけのことだ。

二重三重四重の網を、ナルサスはヒルメスにむかって投げかけたのだ。ただひとつ、ナルサスが危惧していたのは、ヒルメスがどこかべつの城を攻撃し、占拠してそこに籠城《ろうじょう》してしまうことだった。だが、トゥラーン兵が攻城や守城を苦手とすることは、ヒルメスも充分に承知しているはずである。とすれば、さしあたってヒルメスが局面を打開するための時間をかせぐには、コートカプラ城のチュルク軍と合流するしかない。仮面兵団とチュルク正規軍とが合流し、たてこもって抗戦しているとすれば、カルハナ王も放置してはおけず、救援のために大軍を派遣してくれるかもしれぬ……。

ヒルメスの心理を、ナルサスは手にとるように説明した。小さくあくびをひとつすると、結論を出した。

「ま、いずれにしてもヒルメス殿下には、他の選択がなかったのだ。もともとチュルク国王などを頼ったのがまちがい。生きておられるかぎり、ヒルメス殿下は再起をはかるだろう。そのたびにおれがたたきつぶす。それだけさ」

「……何とおそろしいことを涼《すず》やかに語る人だろう」

エラムは舌を巻く。謀略《ぼうりやく》を用い、軍を動かすにあたって、ナルサスは非情である。その非情さが、陰惨《いんさん》さにつながらないのは、ナルサスに私利私欲がないから。そして、ナルサスは、自分のやったことがどのような意味を持つか、よく知っていた。できるだけ正しい道を歩むようにしながらも、国を維持するために多くの人を死なせ、詐略《さりやく》を用いなくてはならない。それが必要なことであり、それを必要とすることが人の世の愚《おろ》かさであることをナルサスは知っていたのである。

とにかく仮面兵団の脅威からシンドゥラ国を救ったパルス軍は、七日間の休養の後、祖国に帰還することになった。パルス暦三二五年四月下旬。宮廷画家ナルサス卿が予告したとおり、夏が来る前に事態はかたづいてしまったのだ。

アルスラーンの大遠征は、こうしてひとまず終わった。

V

「草は刈りとった。多少の根は残ったが、まあよかろう。また毒草《どくそう》がはびこりだしたら、庭師を呼びつけるさ」

パルス軍を送りだして、シンドゥラ国王《ラージャ》ラジェンドラ二世はそうつぶやいた。庭師とはむろんパルス軍のことである。今回、ラジェンドラはパルスの軍費をすべて負担し、さらに戦死者の遺族に対する慰弔金《いちょうきん》や、負傷者の治療費、そして謝礼として、全部でシンドゥラ金貨十万枚をアルスラーンに支払った。

「お気前のよろしいことで」

アラヴァリ将軍などはおどろいた。これまでパルス軍に対するラジェンドラの態度といえば、「できるだけ安くこき使ってやろう」というものだったからである。アラヴァリ将軍に、ラジェンドラが答えていわく。

「なに、こうして一度支払っておけば、あと二、三度はこき使ってやれるさ。投資と思っていればよい」

「はあ、投資でございますか」

「お人よしのアルスラーンを見たろう。かえってすまなそうな表情をしていた。また呼べば飛んでくるだろうよ、わははは」

さて、チュルク国王の従弟《いとこ》であるカドフィセス卿は、シンドゥラ国の客人になった。この場合、客人とは、「上等な捕虜」という意味である。カドフィセスをラジェンドラに引きわたすとき、パルス国の宮廷《きゅうてい》画家は皮肉っぽい目つきをした。その目つきが気にくわなかったが、ラジェンドラはあえて忘れることにした。監視役に選ばれたプラージヤ将軍に指示する。

「カドフィセス卿は、まかりまちがえばチュルクの王位につく御仁だ。度をこす必要はないが、多少の贅沢《ぜいたく》はさせてやれ」

ただし、それだけではすまない。

「かかった費用については、きちんと表をつくっておけよ。後日まとめて請求するからな」

そう念を押すラジェンドラであった。彼としてはチュルク国王カルハナに親書を送って、「カドフィセス卿の財産を没収したりなさらぬように。できれば当方《こちら》に全部送るか、あるいは毎月の生活費を送るように」

といってやりたいところだが、さすがにそれはできない。

「やはり、ちっとばかし恥ずかしいからな」

ラジェンドラは笑ったが、プラージャ将軍には異論があった。「ちっとばかし」ではなく、「たいへん」恥ずかしいのではなかろうか。だが、ラジェンドラとのつきあいが長いプラージャは、つつましく沈黙を守って、無用な波風が立つのを避けたのであった。

カドフィセスは観念したようで、護送される際も、じたばた騒いだりはしなかった。運命を呪うよりも、自分の才覚で未来を切りひらくほうを、彼は選んだのだ。たとえチュルク国に帰っても、いつカルハナ王の猜疑心《さいぎしん》にあって身が危険になるか、知れたものではなかった。ラジェンドラは「お前のものはおれのもの」を信条とする男だが、すくなくとも無用に残忍な人物ではない。得をさせてやれば共存できるはずだ、と、カドフィセスは思った。

ただひとつ、カドフィセスが要求したことがある。暑さが苦手なので、涼しいところに幽閉してくれ、というのであった。

「チュルク人としてはもっともなことだな。よろしい。青い山《ニールギリ》の山城にいてもらおう。あそこは夏でも涼しいぞ」

ラジェンドラがあげた地名は、シンドゥラでも屈指の高山である。こうして、カドフィセスはすくなくとも炎熱で死ぬ心配だけはなくなったのであった。

国都ウライユールから二日間の旅をすると、マラバールの港町に着く。シンドゥラ随一の海港であり、貿易と海運の中心である。シンドゥラ国の学者によれば、太古に火山が陥《かん》没《ぼっ》し、その跡がほぼ円形の湾になったといわれる。パルス国のギランにせまる規模と繁栄《はんえい》を誇る港で、熱帯の花が原色のいろどりを乱舞《らんぶ》させ、その濃密な香りが人々をむせかえらせる。活気にあふれたよい町だが、長い夏の暑さと暴風雨の来襲とが、他国の船乗りたちには評判が悪い。

人間の形をした暴風雨が、ひそかにマラバールの町にしのびこんだのは、四月末の一夜であった。その人数は百人あまり。先頭に立つのは、右半面を薄い布で隠した長身の男である。パルスの旧王族ヒルメスと、彼にしたがう百四人のトゥラーン人は、甲冑をすて、馬をすてて、ここまでたどりついたのであった。港のはずれに浮かぶ一隻の武装商船を、彼らは強奪するつもりなのだ。

その船はバーンドラ号といった。乗組員と船客とをあわせて二百人を乗せることができる。二か月分の食糧と飲料水が積んであり、海賊からの攻撃にそなえて弩《おおゆみ》や火炎弾などの武器も搭載されていた。取引のための金貨や、貴重な商品である象牙《ぞうげ》・竜涎香《りゅうぜんこう》・胡椒《こしょう》・肉桂《にっけい》・白檀《びゃくだん》・茶・真珠なども昼の間につみこまれている。

それらのことを調べあげておいて、ヒルメスは夜の湾岸に立った。足もとで波がさわぎ、遠くどこかで夜光虫が光っている。彼の横に立ったブルハーンが感嘆の声をもらした。

「これが海でございますか」

かつてのアルスラーンとおなじく、ブルハーンにとっても海を見るのははじめての経験であった。といっても、夜が海面を支配する寸前に見ただけである。ほんとうに海の広大さを実感することは、まだできなかったであろう。

バニヤン樹《じゅ》や椰子《やし》の葉が夜風にそよぐ。その風さえ熱く湿っているようで、トゥラーン人たちの肌は汗を流しつづけた。

船を強奪しても、トゥラーン人には航海術はわからない。星の位置で方角を知ることができるだけだ。したがって、船の乗組員たちは、なるべく生かしておく必要があった。そのことを確認しておいて、ヒルメスは三十人の兵を選び、バーンドラ号の乗っとりを実行にうつした。

　バーンドラ号は岸からやや離れて停泊している。海の上を歩けるとすれば、百歩ほどの距離であった。子供の腕ほどもある太い綱《つな》が、岸と船とをつないでいる。ヒルメスは三十人の部下に上半身裸になるよう命じ、彼自身もそうした。軍靴《ぐんか》もぬいで裸足《はだし》になり、短剣を鞘ごと口にくわえる。

　ひとりずつ海にはいり、綱にしがみつく。思ったより波は強く、綱にしがみついたトゥラーン人はそのまま毬《まり》のように水の動きにもてあそばれた。七十四人の仲間が息をころして吉報を待ちかまえるなか、ヒルメスたちは綱を伝って海上の獲物へと近づいていく。

　あらかじめヒルメスは厳命していた。

「綱から手を離すな。離したら死ぬぞ」

　これは単なる脅しではない。トゥラーン人は勇猛果敢《ゆうもうかかん》だが、泳ぎができないのだ。まして夜の海を渡るなど、水泳に慣れた者でも平気ではいられない。だがトゥラーン人たちは必死の気がまえでそれをやってのけた。三人が綱を離し、暗黒の海面下に没してしまったが、彼らですら悲鳴をあげなかった。

　ヒルメス以下二十八名が綱をたどって、ついにバーンドラ号にたどりついた。綱は途中で海面から持ちあげられ、船首に結びつけられている。トゥラーン人はチュルク人ほど登《とう》攀《はん》が得意ではないが、とにかく彼らはつぎつぎと綱をよじのぼって甲板《かんぱん》に上った。甲板に見張りの水夫がいた。半分眠っていたが、異状に気づいてはねおきる。

シンドゥラ人の水夫は警告の叫びをあげようとしたが、ただ一刀で賊《ぞく》に斬り倒された。

危険きわまる男たちは、ほとんど音もなく甲板上に並んだ。トゥラーン人は一般に視力がすぐれている。また裸足《はだし》なので足音もたてない。さらに戦闘に慣れているし、生まれてはじめての水泳に成功して気分も昂揚している。彼らにおそわれた者こそ災難であった。

半分酔っぱらった水夫がふたり、大声でしゃべりながら甲板を歩いてきた。シンドゥラ語なので話の内容はわからないが、口調から判断して女の話らしい。水夫の楽しみといえば、昔から、港ごとの酒と女に決まっているようなものだ。

陽気な水夫たちは、つぎの瞬間、永遠にしゃべれなくなってしまった。水夫ひとりに、ふたりのトゥラーン人が声もなくおそいかかったのだ。ひとりが後ろから組みついて抱きすくめ、前方にまわったもうひとりが口をおさえて短剣で咽喉《のど》をかき切る。

一方的な無音の戦闘がつづいた。不幸なシンドゥラ人たちは、自分が殺される理由もわからず、つぎつぎと咽喉から血を流して死んでいった。苦難をなめてきたトゥラーン人たちは、復讐に酔っていた。

「これ以上殺すな。船が動かせなくなる」

ヒルメスに叱りつけられて、トゥラーン人たちは殺戮《さつりく》を中止した。殺された水夫たちは三十名。生き残った者に命じて、ヒルメスは、死体を甲板に並べさせた。港を出たら海に放りこめばよい。

小舟をおろして、岸で待っていた部下たちをつれてこさせる。小舟は三度、岸との間を往復した。溺《おぼ》れた三人をのぞいて、トゥラーン人が百一人、パルス人がひとり、そしてシンドゥラ人が六十人。バーンドラ号の収容能力にはまだ余裕があった。

船長は陽《ひ》と潮に灼《や》けた黒い顔と、白い口ひげの持主で、年齢は六十歳に近い。海賊にとらわれた経験もあった。彼は当面、無益な抵抗を断念して、ていねいにヒルメスに尋ねた。

「どちらへ行けばよろしいので？」

「外海へ出てから西へ向かえ」

さらにヒルメスは命じた。シンドゥラ人の水夫たちはパルス語だけを使え、シンドゥラ語を使ってはならぬ、したがわぬ者は殺す、と。ヒルメスもトゥラーン人もシンドゥラ語を解しないので、シンドゥラ人どうしで謀叛《むほん》の相談をされてもわからない。それを防ぐための用心であった。

バーンドラ号は綱をほどき、帆に夜風をはらませ、銅鑼《どら》も鳴らさずに動きはじめた。港の監視所ではおどろいた。密貿易をふせぐためにも、海賊から商船を保護するためにも、夜間の出入港は禁止されている。港の出入口に灯火の台があり、それにほの白く照らされつつバーンドラ号が進んでいくと、夜空に赤い光の花が咲いた。港を守備する軍船が近づいてくる。ヒルメスが船長の顔を見た。

「あの光は何だ」

「停船しろという合図で」

「停船したいか？」

「いえ、あの、ご命令のままに」

ヒルメスは命令した。停船せず、可能なかぎりの速力で港から遠ざかれ、と。いちおう船長は海の専門家として抗弁《こうべん》した。

「このあたりの海は岩礁《がんしょう》が多うございます。まして夜、やたらと速度を出しては危険ですが」

船長の抗弁はそこで中断された。ヒルメスが無言であごをしゃくると、トゥラーン兵たちがひとりの水夫を列から引きずりだしたのである。制止する間もなかった。水夫の右手首を短剣の刃がすべり、血が噴きだした。水夫の絶叫で、船長は観念した。

「できるだけのことはいたします。助けてやってください」

「治療《ちりょう》してやれ」

ヒルメスは部下にそう命じ、ブルハーンを呼んで何ごとか指示した。

軍船の停船命令は無視された。夜の波を蹴《け》たてて、バーンドラ号は海上を疾走《しっそう》する。波音も潮風も、トゥラーン人たちが生まれてはじめて経験するものだ。だが甲板の揺れにはすぐ慣れた。騎馬《きば》の民であるトゥラーン人は、躍動する馬上で身体の平衡《へいこう》をとるのがお手のものだった。馬が船に変わっただけのことだ。

命令を無視されて、軍船のおどろきは怒りに変わった。銅鑼《どら》が激しく打ち鳴らされる。今度は攻撃の警告である。それでもバーンドラ号の疾走はやまない。

波が高く強くなり、塩からい飛沫《しぶき》がトゥラーン人たちの顔にかかった。外海に出たのだ。そこでなぜかバーンドラ号の船足がおそくなり、追跡する軍船がぐんぐん接近した。いきなり、それはおこった。バーンドラ号の船腹から落日の色をした光が走って軍船に突きささったのだ。

軍船は燃えあがった。黄金と深紅《しんく》の炎《ほのお》が、夜空にむけて数百本の腕を伸ばす。帆布《ほぬの》や板が焼ける音がひびき、こげくさい匂いがバーンドラ号までただよってきた。バーンドラ号はふたたび速度をはやめ、やがて炎上する軍船の光がとどく範囲を脱して、暗黒のただなかに姿を消した。油脂《ゆし》と硝石粉《しょうせきふん》と硫黄《いおう》との混合物によって軍船は焼きつくされ、海に沈んだ。

武装商船バーンドラ号が仮面兵団の残党によって強奪された。その兇報《きょうほう》は早馬によって翌日の昼、国都ウライユールにもたらされた。

国王《ラージャ》ラジェンドラ二世にとっては、まことに不快なめざめとなった。この日、彼はふたりの寵姫《ちょうき》とともに昼まで甘美《かんび》な眠りをむさぼっていたのだ。

「死にぞこないどもめ！　どこまで手数をかければ気がすむのだ」

ラジェンドラは三度つづけて舌を鳴らした。仮面兵団を潰滅《かいめつ》させて安心したからこそ、ぐうたら昼まで寝ていたのである。広い寝台からとびおり、白い絹服をまといながらプラージヤ将軍を呼びつけた。かしこまるプラージヤに、あわただしく命じる。

「パルスに連絡しろ。トゥラーン人ども、永遠に海上をうろついているわけにもいくまい。陸に近づいてくるところをパルスの海軍にやっつけさせるのだ。こちらも船を出して、トゥラーン人どもの行方をさがせ」

というわけで、気前のよいラジェンドラ二世陛下《へいか》は、たちまちパルス軍への投資をとりかえす機会にめぐまれたのであった。

第五章　乱雲の季節

I

初夏五月。パルスの王都エクバターナは緑蔭濃《りょくいんこ》い季節をむかえている。陽《ひ》ざしはかなり強いが、空気が乾燥して適度の風があるので、樹木や建物の影にはいると、ひやりとするほど涼《すず》しい。石畳《いしだたみ》にも水がまかれ、蒸発する水が熱気をとりさる。水をまいてまわるのは老人や子供が多く、彼らには役所から日当が出る。

露店は葦《あし》を編んだ屋根をかけて、陽ざしをふせぐ。地面に、絹の国渡《セリカ》りの竹づくりのござを敷き、ハルボゼ（メロン）をはじめとする色とりどりの果物《くだもの》を並べてある。ときどき冷たい水をかけると、果物の色どりはひときわあざやかになるようだ。

汗と塩を上半身に噴きださせて、炉の火をあおっているのは、硝子《ガラス》の器具をつくる職人たちだ。交替で公共の井戸に出かけて水をあびる。タオルを冷水にひたして頸《くび》すじに巻き、ふたたび炉の前にもどるのである。

小麦の薄いパンに蜂蜜《はちみつ》をぬって売る店がある。どうやら小銭の持ちあわせもないらしく、ひとりの子供が、ひたすらパンを見つめている。最初は無視していたパン屋が、根《こん》まけしたように、ひときれのパンを渡す。顔をかがやかせた子供が走り去る。その背中にむけてパン屋がどなる。

「恩を忘れるなよ。出世したら十倍にして返すんだぞ！」

エクバターナの黄昏《たそがれ》どき。つばのない白い帽子を頭にのせた若者が街路を歩んでいる。もうひとりの若者が肩を並べているが、こちらはわずかに背が低い。とはいえ、街ゆく男たちのなかでは高いほうだ。

白い帽子の若者はのんびりした表情だが、つれの若者は何気なさをよそおいつつ、鋭い視線を周囲に配っている。ふたりとも容姿のよい若者なので、道ゆく女性がときどき好奇《こうき》の視線をむけるのだった。

雑踏をぬって、ふたりの若者がはいった建物は、「糸杉の姫《ルーダーベ》」という酒場である。東西列国の商人たちが集まる有名な店で、食卓ごとに異なる国の言葉が使われるといわれていた。一歩なかにはいると、大広間も二階席も客で埋まっている。給仕が盆や皿をもって走りまわり、水槽では絹の国《セリカ》の金魚が泳ぎ、壁ぎわの止り木《とまりぎ》で鸚鵡《おうむ》が歌い、香辛料《スパイス》の匂いがたちこめ、酒の芳香《ほうこう》が渦をまく。

大広間を見おろす二階席の一画で、筋骨たくましい船乗り風の男が、ふたりを待っていた。丸い食卓には、まだ料理が並んでいない。

「待たせてすまなかった、グラーゼ」

白い帽子の若者、アルスラーンがいった。

「陛下にもおかわりなく。エラムどのも元気そうで」

海の男グラーゼは、あいさつの後、すぐ本題にはいった。

「われわれにはいってきた情報は、こうでございます。マラバールの港に停泊していた武装商船が、仮面兵団の残党に乗っとられ、海上に姿を消した。そのおり、シンドゥラ国の軍船が一隻、焼き沈められた——と」

「ラジェンドラどのからも同じことを使者が伝えてきた。嘘はないようだな」

「シンドゥラ国王は、得になる嘘しかつかない御仁でございますから」

恩師ゆずりの毒舌《どくぜつ》をエラムが発揮し、アルスラーンは苦笑した。グラーゼは豪快に笑いかけたが、その笑いを途中でとめた。給仕たちが酒と料理を並べはじめたのだ。酒は壺《つぼ》ごと井戸で冷やされた麦酒《フカー》。鳥肉と乾葡萄《ほしぶどう》をまぜたピラフ。香辛料《スパイス》をきかせて飴色《あめいろ》になるまで焙《あぶ》った鶏《とり》の腿肉《ももにく》。やはり香辛料をきかせた淡水魚のからあげ。牛の挽肉《ひきにく》と玉葱《たまねぎ》を小麦の薄皮につつんだもの。五種類の果物《くだもの》。量は四人分ある。グラーゼが二人分たいらげるのだ。

「トゥラーン人に船をあやつれるはずがございません。操船はシンドゥラの水夫たちが担当しておりましょう。おそらく脅迫されてのことと思われます」

「それにしても、船を奪った犯人がトゥラーン人たちだと、なぜわかったのだろう」

「溺死体《できしたい》があがりましたそうで」

グラーゼの説明によると、武装商船バーンドラ号が乗っとられた翌朝、マラバールの湾岸に溺死体があがった。上半身裸《はだか》の若い男で、身体にいくつか戦傷らしい刀痕があった。はいていたズボンがトゥラーン騎兵のものだったという。その他にもいくつかの証言がもたらされて、総合すると、コートカプラの谷から逃走したトゥラーン人たちが、地上にいる場所を失ったことは確かなようであった。エラムが意見をのべる。

「陸で進退きわまったから海に出よう、という発想はトゥラーン人にはございますまい。一度は海に出た経験がなくては。おそらくヒルメス王子が指揮をとっておられましょう」

「ヒルメスどのは海に出た経験が?」

「マルヤム国にいらしたのですから、海について、あるていどはご存じでしょう。ルシタニア国との縁も、海路で結ばれたはず」

明快に断言して、エラムはくすりと笑った。

「そうナルサスさまは推理しておいでです。私が自分で考えたのなら、たいしたものですが」

「ナルサス卿は地上のあらゆることをご存じのようですな。よくぞパルスに生まれてくだされた」

麦酒《フカー》の大杯《たいはい》を、グラーゼが高くかかげた。

ほんとうにグラーゼのいうとおりだ、と、アルスラーンは思う。ナルサスがもしルシタニアに生まれ、全軍の指揮をとっていたら、とうにパルスは滅亡し、アルスラーンの首はルシタニア軍の陣中にさらされていたのではなかろうか。

ナルサスだけではない。「戦士のなかの戦士《マルダーンフ・マルダーン》」ダリューンにしても、どこの国に生まれ育っても無双《むそう》の勇者として重んじられたであろう。「絹の国《セリカ》」の皇帝《ファグフール》も、ダリューンを引きとめるために諸侯の位や美女や名馬を贈ろうとしたという。ダリューンは知遇《ちぐう》に感謝しながらも、すべて受けとらず、パルスへ帰国した。そしてほどなくルシタニア軍の侵略があり、アトロパテネの野で決戦がおこなわれたのだ。

「それで、ヒルメス卿は何をたくらんでおられるのでしょう」

エラムがもっとも重大な疑問を口にした。アルスラーンが即答せずにいると、口についた麦酒《フカー》の泡《あわ》をぬぐって、グラーゼが答えた。

「私はそれほどヒルメス卿のお人柄《ひとがら》を存じあげているわけではございませんが、海賊稼《かいぞくか》業《ぎょう》で満足しているようなお人でもなさそうですな」

「そう、どうせねらうのはパルスの王位に決まっています。あの御仁は、王の子孫だけが王になれる、と、そう信じこんでおられるゆえ」

「といって、自力で王位をねらうには、あまりに力不足。どこぞの野心的な王侯に援助してもらうしかありますまい」

「いったん海に出てしまったからには、チュルクに帰るのは困難だし……」

グラーゼとエラムの討論を聞きながら、アルスラーンは思案をめぐらせた。たしかにヒルメスはチュルク国には帰れまい。チュルクは海への出口を持たぬ内陸国である。また、仮面兵団が潰滅《かいめつ》し、侵攻も掠奪《りやくだつ》もすべて無に帰した。ヒルメスとしては、どの面《つら》さげてチュルクへ帰れるか、という気分であろう。

広大な南の海に孤帆《こはん》をかかげて、ヒルメスはどこへ行こうというのか。

「ミスルかナバタイというあたりでしょうか。ミスルに着けば、そこからさらにマルヤムへむかうこともできますが」

食卓の上に指で地図を描きながらエラムがいうと、たくましい首をグラーゼがかしげた。

「仮にミスルに行くとすると、いささか妙なことになりますぞ」

「それはどういうことだ、グラーゼ？」

「は、陛下、じつはミスル方面で妙な動きがございまして」

グラーゼが声をひそめた。もともと潮風できたえた声は朗々《ろうろう》としてよくひびく。あまり密談にはむかない男だが、アルスラーンの身分が周囲の客に知れてもこまるので、それなりに気は遣うのだ。もともと「糸杉の姫《ルーダーベ》」は、大声で密談するための店といわれており、他の客たちも自分たちの会話に熱中しているので、心配する必要もないのだが。

グラーゼが語ったのは、ミスル国王の客人としてとどまっている人物のことであった。ヒルメス卿とよばれ、黄金の仮面をかぶり、周囲にパルス人を集めているという。

「すると、ミスル国でふたりのヒルメスどのが顔をあわせるかもしれないというのだな」

アルスラーンは笑うしかなかった。偽者《にせもの》に出会ったとき、異常なまでに誇り高いヒルメスがどれほど憤怒《ふんぬ》することか。ヒルメスには気の毒だが、こういう場合に泣くわけにもいかず、笑うしかないのである。

「偽者に出会ったら、ただではすみますまい。一刀のもとに斬りすてるでしょうな。われらが偽者たいじに出かける手間もいりませぬて」

グラーゼも愉快そうだが、アルスラーンはすぐに笑いをおさめた。そのような事態になったとき、ミスル国王はどうするか。あくまでも偽者を推《お》したてて、真物《ほんもの》のヒルメスを排除するだろうか。それとも掌《てのひら》をかえして偽者をしりぞけ、真物のヒルメスを推したてるだろうか。もしそうなれば、ヒルメスはチュルク国王にかわる後援者を得ることになる。

パルス国にしてみれば、東方の脅威が西方の脅威に変わるだけのことで、あまり好ましくない。

「ナルサスは、このことについて、どう思っているのかな、エラム」

「楽しそうにしておいでです。さて、どんな策《て》でかきまわしてやろうか、と」

「ナルサスらしいな」

敵が策略を弄《ろう》すれば弄するほど、ナルサスにとっては事がやりやすくなるのである。チュルク国のつぎはミスル国。策士や野心家の種はつきない。それがナルサスにとっては、地上に壮麗な絵を描く材料となるわけで、退屈せずにすむというものだった。

今後さらにくわしく情報を集め、ギランの港では海軍の出動準備をととのえること。そう結論を出して、非公式の会議は終わった。

II

「黒い巨大な翼《シャブカーミル》」、つまり夜が天と地を支配するなか、アルスラーンとエラムは王宮に帰ってきた。このようなとき、エラムが先に立って門番の兵士にあいさつし、何かと引きとめ、その間にアルスラーンが門内にすべりこむ、という例が多い。他愛《たあい》ないことだが、それが微行《おしのび》の楽しみというものであろう。

エラムと別れたアルスラーンは、回廊《かいろう》の入口で、大将軍《エーラーン》キシュワード卿に会った。彼はアルスラーンの微行《おしのび》を黙認してくれているので、若い国王《シャーオ》としては、王宮に帰ってきたあいさつぐらいしておかねばならない。「糸杉の姫《ルーダーベ》」でグラーゼと会ってきたことを告げると、キシュワードはかるく笑った。

「グラーゼも王宮が苦手と見えまするな」

「ほんとうは私も苦手だ。でも海へ逃げだすわけにもいかない。義侠心ある勇者《アイヤール》は元気か?」

「元気すぎて、わが家のなかは戦場も同様でございます」

アイヤールは二歳になるキシュワードのあととり息子《むすこ》で、アルスラーンが名付親になったのだった。キシュワードの妻ナスリーンが赤ん坊をだいて国王《シャーオ》の御前に参上したとき、この幼い勇者は国王《シャーオ》のひざの上でおもらしをして、解放王に衣服を替えさせるという武勲《ぶくん》をたてたのである。

「ご令室によろしくお伝えしてくれ。アイヤールの前になら、いつでも王宮の門は開く」

「おそれいります、陛下」

翌日午前中の会議で会うことを確認して、アルスラーンはキシュワードと別れ、奥の寝室へと歩んだ。奥の扉の前で、ジャスワントがうやうやしく一礼する。

「ご無事で何よりでございました、陛下」

「戦場へ行ったわけじゃないのだが……」

　ふと心づいてアルスラーンはいってみた。

「つぎのときにはジャスワントもいっしょに来てくれ」

「宰相《フラマータール》閣下に怒られますな。ですが陛下のお言葉とあれば」

　うれしそうなジャスワントの声を受けながら寝室にはいる。ひとりでは広すぎる寝台に身を投げだした。心に浮かんだのはヒルメスのことだ。

　パルス暦三二〇年の十月、アトロパテネの会戦で敗れて以来、アルスラーンが孤独であったことは、たぶん一度もない。いつも誰かがそばにいて、苦難を分け持ってくれた。それがどれほど幸福なことであったか、アルスラーンにはわかっていた。アンドラゴラス王によって軍から追放されたとき、彼のもとに駆けつけてくれた人々のことを、けっしてアルスラーンは忘れない。ヒルメスは、はたしてどうなのだろうか。

「ヒルメスどのもお気の毒だ」

　そう思わずにいられないのだが、じつはこのような同情こそが、もっともヒルメスを傷つけ、怒らせるであろう。ナルサスはそういう。アルスラーンもそう思う。高みに立って他人に同情するのは、たぶん傲慢《ごうまん》なことだろう。

「仮《かり》に陛下がヒルメス卿に玉座をお譲《ゆず》りになっても、ヒルメス卿は満足なさらぬでしょう。かの御仁は、力をもって正統の王位を回復することのみを望んでおられますゆえ」

ナルサスの言葉を思いだして、アルスラーンが小さく息を吐きだしたとき、かろやかな羽ばたきの音が耳をたたいた。起きあがって伸ばした腕に、鷹《シャヒーン》がとまる。アルスラーンの戦友であるこの鷹にとっては、若い国王《シャーオ》の腕こそが彼の玉座である。

「どうすればいいと思う、告死天使《アズライール》?」

さて、どうしたものでしょうか。告死天使《アズライール》がそう答えたような気がしたが、むろんこれはアルスラーンの勝手な思いこみである。たしかなことは、ヒルメスとアルスラーンとは並び立てぬという苦い事実を認めざるをえない、ということであった。王位をえた者は、かならずそれに相応するだけの心の荷をせおわねばならないのだろうか。

「エステルは元気かな」

突然、その名を思いだした。騎士見習エトワールと名乗っていたルシタニア人の少女だ。王都を奪還する戦いのさなか、聖《サン》マヌエル城で出会ったエステルは、アルスラーンに新鮮なおどろきを与えたのだ。

それまでルシタニア人は、アルスラーンにとって顔のない存在だった。憎むべき侵略者であり、戦うべき敵。ただそれだけだった。だがエステルと出会って、ルシタニア人は、血肉《けつにく》を持つ存在となった。表情も感情もある人間たちであることがわかった。それがわかってはじめて、敵を赦《ゆる》す寛大《かんだい》さも、敵と交渉し和平するという考えも生まれる。エステルはそれを教えてくれたように思えるのだ……。

ふいに告死天使《アズライール》が激しく羽を動かした。

「どうした、告死天使《アズライール》!?」

アルスラーンの問いかけに、告死天使《アズライール》は鋭い鳴声で答えた。羽音がした。告死天使《アズライール》が部屋をひとととびに横ぎって、窓に飛びついたのだ。硝子《ガラス》をはめこんだ窓の外にむけて、ふたたび告死天使《アズライール》は鳴声をあげた。激しい敵意と警戒心にみちた鳴声だった。

窓にむかって歩みかけたアルスラーンは、すぐに足をとめた。戦慄《せんりつ》の波が、若い国王《シャーオ》の全身を駆けぬけた。窓の外に何かいる。何かとほうもなく兇々《まがまが》しいものが。

アルスラーンは、いったん外《はず》した剣をふたたび手にした。呼吸をととのえ、充分に用心しながら窓をあけようとする。その瞬間だった。

けたたましい音響とともに窓が割れた。とっさにアルスラーンは横へ跳んで、飛散する硝子《ガラス》の雨から逃れた。片腕をあげて顔面を守り、床で一転してはねおきる。告死天使《アズライール》が激しい威嚇《いかく》の叫びをあげた。何か黒い、人間ほどの大きさのものが宙で踊り狂い、天井や壁にぶつかりまわる。

「陛下！」

扉があいて、躍りこんで来たのはジャスワントだ。若い黒豹《くろひょう》のようにしなやかで迅速な動き。すでに剣を抜き、侵入者と出会いざま一刀で斬りすてるかまえである。

だが、愕然《がくぜん》として彼は立ちすくんでしまった。侵入者は床の上にいなかったのだ。格闘は空中でおこなわれていた。とびまわる告死天使《アズライール》の羽毛が、季節はずれの雪となって乱舞する。異形の黒いものが、告死天使《アズライール》につかみかかろうとして、嘴《くちばし》で撃退される。アルスラーンは床に片ひざをついた姿勢で、剣を手に告死天使《アズライール》を援《たす》けようとするが、割ってはいる余地もない。

割れた窓から、告死天使《アズライール》は屋外へ飛び出した。せまい室内では不利と見てとったのだ。寝る前に夜の庭を巡視していたエラムが、奇妙な音に気づいた。夜空にはばたく鳥の影を見あげる。

「告死天使《アズライール》？」

不審の表情が危機感のそれに一変して、エラムは文字どおりとびあがった。剣の柄《つか》をつかむ。

「陛下あっ！　ご無事で」

駆け出そうとして急停止したのは、頭上でけたたましい音がひびいたからである。硝子《ガラス》のかけらが月光のなかを乱舞し、告死天使《アズライール》よりはるかに大きな黒い影が宙に躍った。羽音がした。千匹の蝙蝠《こうもり》が同時にはばたいたかと思われた。月を背景に影が躍っている。人間に似てはいるが、怪異《かいい》な形の翼が、上下にはばたきながら月の影を切り裂いていた。そして、耳をふさぎたくなるような、いやな叫び声。

長い腕が告死天使《アズライール》につかみかかる。かわした告死天使《アズライール》の動きが鈍い。夜の戦いでは鷹《シャヒーン》に不利だ。空中の戦いを見あげて、エラムはとっさに判断に迷った。告死天使《アズライール》を助けるか、アルスラーンの安否《あんぴ》をたしかめるか。とりあえず大声をはりあげる。

「陛下!」

「エラムか、気をつけろ!」

アルスラーンの声がして、エラムは、若い国王《シャーオ》がどうやら無事らしいとさとった。ひと安心すると、知恵がはたらきはじめる。エラムは地上を見まわし、無理なくにぎれるていどの大きさの石をつかむと、手首をひるがえした。

怪物の背中に石が命中した。怒りとおどろきの叫びをあげて、怪物は空中で姿勢を変えた。エラムの姿を地上に認めて、両眼が赤くぎらついた。

黒々とした翼が夜気をたたき、怪物はエラムめがけておそいかかった。はばたきが不快な腐臭《ふしゅう》の暴風を、エラムにたたきつける。エラムはまっすぐ剣を突きだした。ふたつの赤い眼の間をねらったのだ。だが怪物は急上昇してエラムの突きをかわすと、今度は石が落下するように直下降した。鉤型《かぎがた》の、おそろしい爪が、エラムの頸《くび》すじをねらう。エラムは横っとびにその攻撃をかわしたが、姿勢をくずしてしまった。転倒する。だが転倒しながらも剣を横にはらった。怪物の第二撃。爪と刃が音をたてて衝突し、怪物はふたたび夜空へ舞いあがる。

このときになると、ジャスワントからの報告で、王宮内にいたナルサスやファランギース、それにキシュワードやアルフリードまで、兵士をひきいて駆け集まりつつあった。

「ほほう、これだからアルスラーン陛下のおそばを離れられぬて。退屈せずにすむ」

楽しそうな声は、流浪の楽士と自称する男のものだった。

巡検使《アムル》ギーヴは、兵士の手から長柄《ながえ》の矛《アツダーラ》をひったくった。長い柄の先に両刃の剣がついている。それをかまえるかというと、そうではなく、足もとに放りだした。そして、陽気な声を空中の怪物に投げかけた。怪物の赤い目がギーヴの姿をとらえた。

III

怪物は、聴く者の耳をえぐるような奇声を発し、ためらいもなくギーヴにおそいかかった。

「あぶない、ギーヴ！」

アルフリードの叫びにも、ギーヴは動かない。両手をだらりとさげ、秀麗《しゅうれい》な顔に平然たる表情をたたえて立ちつくしている。

怪物の爪がギーヴにとどこうとした、まさにその瞬間であった。

怪物の身体が宙ではねた。最大の、そして最悪の叫びが夜の庭にとどろいた。怪物の身体に何か細長いものが突き刺さっているのを、幾人かが見た。奇怪な形の翼が狂ったように宙をかきまわしたが、もはや飛翔《ひしょう》する力は失われていた。まるで溺《おぼ》れるようにもがきながら、怪物は地に墜落し、重い地ひびきをたてた。

間髪をいれず、走りよったエラムが剣を振りおろした。怪物の頭部は撃ちくだかれ、四《し》肢《し》と尾とが激しく痙攣《けいれん》をつづけた。

「ギーヴ、けがはないか!?」

駆けつけたアルスラーンを、ギーヴは鄭重《ていちょう》な一礼で迎えた。

「お気づかいご無用、陛下、このギーヴを傷つけることができるのは、美女の冷たい言葉のみにございます」

「や、どうやら舌も無傷らしいな」

アルスラーンは笑い、笑いをおさめて感歎した。

「それにしても、あんな技を見たことはない。おぬしの神技は弓だけではないのだな」

アルスラーンは見ていたのだ。ギーヴの神技を。怪物の前に、ギーヴは素手で立っていた。だが彼の足もとには、矛《アッダーラ》が置かれていた。怪物が接近してきたとき、ギーヴは足で矛《アッダーラ》の柄《え》の端《はし》を踏《ふ》んだ。はねあがった矛《アッダーラ》は、垂直に立って真下から怪物をつらぬいたのである。

松明《たいまつ》を持って兵士たちが集まり、光の輪をつくった。ナルサスとファランギースが怪物の死体を見て、同時に声をあげる。

「有翼猿鬼《アフラ・ヴィラーダ》……!?」

それは伝説の怪物であった。人とも猿ともつかぬ身体に、巨大な蝙蝠《こうもり》の翼がはえている。牙《きば》と爪《つめ》には、生物を腐《くさ》らせる毒がある。人肉をくらい、ことに幼児や赤ん坊のやわらかい肉を好むという。かつて聖賢王ジャムシードによって、地底の熔岩《ようがん》の城から追放され、蛇王ザッハークの従者となった。その後、ザッハークの敗北とともに、いずこへか姿を消し去ったといわれている。そのいまわしい怪物が復活したのだろうか。しかも王宮に。そして誰がこの怪物を復活させたのか。

「蛇王ザッハーク……か？」

名前そのものに、凍《い》てついた瘴気《しょうき》が感じられる。勇者たちは顔を見あわせた。エラム、ジャスワント、ギーヴ、ナルサス、キシュワード、アルフリード、そしてファランギース。アルスラーンの肩にとまった告死天使《アズライール》も、夜風に翼を慄《ふる》わせたようであった。

「有翼猿鬼《アフラ・ヴィラーダ》は、たとえ地底や辺境に生き残っていたとしても、エクバターナのような大都《たいと》にひとりであらわれることはできませぬ。これをあやつる者が近くにおりましょう。ご油断なきように」

ナルサスが注意をうながした。うなずいてキシュワードが大股に歩き出す。王宮の衛兵たちを動員して、徹底的に捜索するつもりだ。

王宮のすべての窓に灯火がともり、広大な庭園の各処にも炬火《かがりび》が燃やされた。急に明るくなった王宮を見て、夜ふかしのエクバターナ市民はおどろいているにちがいない。

「おおげさなことになったたな」

アルスラーンが苦笑すると、ナルサスが答えた。

「国の大事、もっとおおげさでもよいくらいです。ここで中途半端に事をすませては、犯人どもを増長させるのみ。いま徹底的に……」

ナルサスの言葉が、まだ終わらないうちである。

「僭王《せんおう》めに安らかな眠りは与えぬぞ！」

毒にみちた宣告が、人々の耳を打った。ギーヴもエラムもジャスワントも、その声がどこから湧きおこったか、判断がつかなかった。広大な夜の庭全体が、悪意をこめてざわめいているようだ。

「夜ごとアルスラーンめの夢に忍《しの》びこんで、悪夢の餌《えさ》にしてくれよう。思い知るがよいぞ」

「どこにいる、出て来い、魔性《ましょう》の者！」

ジャスワントがどなった。出て来るはずはないとわかっているが、どならずにはいられない。と、女神官《カーヒーナ》ファランギースが無言で水晶の笛を口にあてた。白く繊《ほそ》い指が、無音の旋律《せんりつ》を奏《かな》ではじめる。ほれぼれとその姿をながめたギーヴが、ふいに眼光を刃のような鋭さに変え、手にした剣を一閃《いっせん》させた。闇の一角からファランギースをねらって放たれた短剣《アキナケス》が、ギーヴの剣にとらえられ、音たかく地にたたき落とされた。

「そこだ！」

短剣が投じられた方角にむかって、エラムとジャスワントが殺到する。灌木《かんぼく》の間にひそんでいた人影が、罵声《ばせい》をあげながら跳躍した。常人には聴《きこ》えぬ水晶の笛の音が、彼を苦しめ、隠れ場所からいぶり出したのだ。エラムとジャスワントの斬撃をかわし、十ガズ（約十メートル）ほど離れた場所に舞いおりる。それが彼の最期だった。

黒衣の騎士の剛剣《ごうけん》が、魔道士の左肩から腰まで、ただ一撃に斬りさげていた。

激痛が火花となって散るのを感じただけで、魔道士は即死した。いかに幻妙《げんみょう》の技を誇ろうとも、剛速《ごうそく》無比の斬撃をかわすことはできなかった。技をふるう暇《いとま》もなかったのだ。

血柱を奔騰《ほんとう》させて魔道士は地に倒れた。呪いも、すて台詞《ぜりふ》も残さずに。

血刀をひとふりした騎士は、アルスラーンの前まで歩んで、片ひざをついた。

「陛下の危機に参上が遅れまして、申しわけございません」

「ダリューン、よく来てくれた」

「おそれいります。本来なら生かしておいて証言をさせるべきところ、つい血気にまかせて斬りすててしまいました」

「いや、何もしゃべりますまい。魔道の徒は、秘密をしゃべると同時に、生命を失うようになっておりますゆえ」

そういったのは、水晶の笛をすでにしまいこんだファランギースである。彼女が魔道士の死顔をのぞきこんだとき、ギーヴが興味をこめて女神官《カーヒーナ》の表情を観察したが、白い端麗な横顔からは何も読みとれなかった。

「安らかな眠りを与えぬなどと申していたが、まこと夢のなかにはいりこむつもりだろうか」

「そのときは、このファランギースが陛下の夢の園に参上し、夢魔《むま》を撃《う》ちはらってさしあげまする」

月の光がファランギースに流れ落ちて、女神官《カーヒーナ》は青玉《サファイア》の像のように見えた。

「女神官《カーヒーナ》ともなれば、そのようなことまでできるのか」

アルスラーンが感心すると、ファランギースは微笑した。この夜はじめての微笑だった。

「めったにやりませぬが、必要とあらば」

するとギーヴがしゃしゃりでて口をはさんだ。

「いやいや、ファランギースどの、夜ごとおれの夢にあらわれて愛の詩をささやく美女は、さてはあなたであったのか。厚いヴェールをかぶっているゆえ正体が知れなんだが」

「厚いヴェールをかぶっているのに、どうして美女とわかるのじゃ」

「むろん純粋な愛ゆえに」

「それなら最初から正体がわかるはずじゃ」

「いや、心にもない舌鋒《ぜっぽう》の鋭《するど》さ、さてはファランギースどの、照《て》れておいでだな」

「誰が照れるか！」

周囲で笑声がはじける。事の処理をダリューンやナルサスにゆだねると、アルスラーンは、とくにファランギースひとりを二階の露台《バルコニー》に招いた。

「ファランギース」

「はい、陛下？」

「去年から、何か心配ごとがあるのではないか」

美しい女神官は即答しない。アルスラーンは誠意をこめて、さらに話しかけた。

「立ちいるべきではないのかもしれない。だけど気になる。聞いたところで私には何もできないかもしれないが、案外よい知恵が浮かぶかもしれない。もしいやでなかったら、私に事情を話してくれないか」

「陛下……」

「私だけではない。ギーヴなども心配している」

若い国王《シャーオ》の言葉に、ファランギースはわずかに淡紅色《たんこうしょく》の唇《くちびる》をほころばせた。

「あの者の心配は、陛下のご心配とはいささか種類が異なるように思えまするな。ですが、いずれにしても陛下にご心配をおかけして申しわけございません」

「ファランギース、私たちは仲間だな」

「主従でございます、陛下。仲間とは、おそれ多うございます」

「いや、形は主従でも、じつは仲間だ。おぬしやギーヴや、他の仲間たちがパルスを救い、私を王位につけてくれた。私の荷を軽くしてくれた。たまには私にも、私の仲間の荷を持たせてくれないか」

月の光が沈黙を乗せて露台《バルコニー》を照らしている。やがて音楽的な声が沈黙を破った。

「よい機会かもしれませぬ。いつかはお話しすべきだと思っておりました」

そしてファランギースは語りはじめた。

IV

「それは、わたしがアルフリードより若く、光といえば陽《ひ》の光、風といえば春のそよ風、それしか知らなかったころのことでございます……」

アンドラゴラス三世の御代《みよ》であった。国王《シャーオ》は豪勇《ごうゆう》の誉《ほまれ》高く、王都エクバターナは大陸公路の要衝《ようしょう》として栄華《えいが》をきわめていた。国境の内外で、しばしば戦いはあったが、パルスの国力と国威はゆるぎなく、盛んな御代は永くつづくものと誰もが信じこんでいた。

国王に世継ぎの王子が生まれ、それに先だってミスラ神をまつる神殿が建てられた。

ファランギースはごく幼いころ、両親に死別した。父は騎士《アーザーターン》階級の人であったが、多少の財産があって、死ぬときに財産の半分を娘に遺《のこ》し、半分をその神殿に寄進して、娘の養育を依頼した。こうして、ファランギースは神殿で成長することになった。

神殿は、フゼスターンと呼ばれる地方にあった。王都エクバターナの東、ペシャワール城の西、ニームルーズ山脈のすぐ北に位置する地域である。起伏《きふく》に富んだ丘陵《きゅうりょう》が肥沃《ひよく》な盆地をかこみ、森も耕地も豊かで、山地の伏流水《ふくりゅうすい》のために泉が各処に湧き出る。冬、北から吹きこむ湿った季節風が山脈にあたって雪雲となる。そのため、冬の間に二、三度は大雪に見まわれ、他地方との交通が遮断《しゃだん》されてしまうが、それをのぞけば、まことに住みやすい。そして神殿には学院や薬草園、牧場、武芸場、医院、男女別の神官宿舎など、さまざまな施設が付属していた。

ファランギースは成長した。神学を修め、女神官《カーヒーナ》としての修業をつんだ。神殿を守るため武芸をまなび、弓でも剣でも乗馬でもすぐれた成績をあげた。神官は知識人であり、辺境の村などでは教師や医師や農業技術指導者を兼ねることが多い。地方の役人の顧問《こもん》をつとめることもある。ファランギースは、医術を教えられ、薬草について学んだ。歴史、地理、算術、詩文から、針仕事、牛や羊の世話、陶器《とうき》づくり。あらゆることを学んだのだ。

女神官は結婚や出産を禁じられている。神殿では当然のことで、女神官の資格を放棄して還俗《げんぞく》すれば、恋も結婚も自由である。むろん俗《ぞく》社会に出れば、貴族《ワズルガーン》とか自由民《アーザート》とかいった身分制度がある。だがそれも鉄の壁というようなものではない。自由民の娘が国王に見そめられ、世継ぎの王子を産んで王妃となった例がある。王妃の兄弟たちは、こういう場合、当然、貴族に列せられるのだ。

男の場合だと、自由民の兵士が戦場で武勲《ぶくん》をたてて騎士階級に、という例がもっとも多い。神官となって学問で身をたてるという方法もある。したがって、神殿につかえる若い神官たちは、聖職者といってもさとりすました者ばかりではなく、野心的な者も多かった。

ファランギースがイグリーラスに出会ったのは十七歳のときだ。イグリーラスは二十歳だった。背が高く、黒い髪に褐色《かっしょく》の瞳、りっぱな容姿の若者だった。自由民出身で、神官として出世することを望んでいた。ずばぬけて学業にすぐれ、弁舌《べんぜつ》さわやかだった。ファランギースと神殿の前で出会い、ふたりは恋に落ちた。

彼にはグルガーンという弟がいた。ファランギースとほぼ同年で、神官の見習《みならい》をしていた。グルガーンにとって、兄イグリーラスはまばゆい偶像《ぐうぞう》だった。兄の容姿も才能も、グルガーンの自慢の種だった。そして兄の恋人であるファランギースも。

グルガーンはときどき兄に議論を吹きかけた。もっとも、ファランギースの見るところでは、グルガーンは、兄に論破《ろんぱ》されることがうれしかったようだ。

「聖賢王ジャムシードがどんなにえらいといっても、蛇王ザッハークに滅ぼされてしまったじゃないか。力があれば、悪といえども善に勝ってしまう。信仰なんかするより、軍隊を強くすべきだと兄者は思わぬか」

「お前にはわからないのか。悪の力は永くつづくものではないぞ。その証拠に、蛇王は英雄王カイ・ホスローに敗れさったではないか。だいたい蛇王などという名を、かるがるしく口に出すな。神々の罰《ばつ》が下されるぞ」

そのような具合であった。

一年後、神殿を管理する神官長が、ひとつの決定を下した。若い神官のなかから三名を選んで、王都エクバターナに派遣する。三年間、大神殿で学んだ後、一名は大神殿の上級神官となり、一名は神官の身分のまま王宮にはいって宮廷《きゆうてい》書記官となり、一名はこの神殿にもどって副神官長となる、と。イグリーラスは、自分が三名のうちにかならず選ばれると信じ、人々もそう思った。だが、やがて選ばれた三名は、全員が貴族《ワズルガーン》の出身だった。「神殿のなかにまで身分の差別があるのか。これまでの努力は何だったのだ。むなしいばかりだ」

イグリーラスは失望した。三名の神官を王都へと送りだす式典がおこなわれたが、それにも無断で欠席し、神官長から叱責《しつせき》された。ファランギースに励《はげ》まされ、気をとりなおしかけたところへ、王都から急報がとどいた。王都に着いた神官たちが馬車の事故にあい、ふたりは軽傷ですんだが、ひとりが死亡したのである。葬《とむら》いと別に、代《か》わりの神官を送りだすことになった。今度こそ、と、イグリーラスは張りきったが、選ばれたのはまたも貴族出身者だった。式典に欠席するような態度が、評価をさげたようである。

イグリーラスの失望は絶望に変わった。彼は酒に酔って荒れくるい、他人と争っては、負傷したりさせたりした。神学の授業中に酒を飲み、酔ったあげくの口論を吹きかけた。命じられた仕事もせず、与えられた研究課題も放り出し、まったく人格が一変してしまった。

イグリーラスに同情する人々は、まだたくさんいた。彼らはイグリーラスをなぐさめたり激励したりしたが、当人は酒くさい息を吐いて、好意を拒絶するばかりだった。

「心にもないことをいうな。私の才能をねたんでいるくせに。善人面の下から、薄よごれた本心が透けて見えるぞ。いい気味だ、という本心がな」

人々は鼻白み、あきれ、イグリーラスから遠ざかりはじめた。「ひねくれ者め、勝手にしろ」というわけである。一か月もすると、イグリーラスを見すてていないのは、ファランギースとグルガーンのほか二、三人の人だけになってしまった。イグリーラスは反省するようすを見せず、人々の人情の薄さをののしり、さらに酒に逃避した。

やがて神殿に妓館《ぎかん》から多額の請求書がとどき、神官たちを仰天させた。調べてみると、イグリーラスが神官長らの名を騙《かた》り、つけで豪遊《ごうゆう》していたことがわかった。追放に値する罪だったが、ファランギースの懇願《こんがん》や、「立ちなおる機会を与えたい」という穏健派《おんけんは》の声もあって、彼は赦《ゆる》された。

こうして一度は赦されたが、イグリーラスはなかなか立ちなおろうとしなかった。

「身分制度が悪いのだ。私のように才能ある者が、正当な評価も受けられず、世の隅《すみ》に埋もれてしまう。すべては身分制度のせいなのだ」

この時期になると、イグリーラスは、自分の境遇をすべて身分制度のせいにするようになっていた。だが、身分制度をなくすよう運動するわけでもなく、身分制度のもとで苦しむ他の人々を援助するわけでもなかった。自分が努力しないようになった責任を、身分制度に押しつけただけのことだった。

自分には身分制度の壁を突き破るだけの才能がなかったのだ――そう認めてしまえばいっそ楽だったのだろうが、過剰な自尊心が彼を苦しめた。グルガーンはというと、兄をなぐさめるつもりで神官長たちの悪口をいいたて、結果としてますます兄を精神的に追いこんだ。見かねて、ファランギースは意見した。

「身分制度はよくないことだとわたしも思うが、むりに出世することもないではないか。神官としての修業をつんで、どこか平和な村で子供たちに文字を教えたり、病人を治療したりして人生を送るのも意味のあることだ。その気なら、わたしもいっしょに行く」

「ファランギース、お前は私に負け犬になれというのか」

イグリーラスはどなった。勝つための努力をするわけでもないのに、負けるのはいやなのだ。ファランギースは口をつぐむしかなかった。

さらにまずいことが明らかになりはじめた。神官として、ファランギースのほうがイグリーラスより優秀であると認められるようになってきたのである。精霊《ジン》の声を聴《き》く能力、教典の知識、悪鬼《あっき》を祓《はら》う能力、いずれもファランギースはイグリーラスをしのいだ。医術、薬草学、武芸にいたるまで、ファランギースの進歩はめざましく、女神官長はもとより、神官長からもほめたたえられるようになった。イグリーラスは、恋人が賞賛されるのを喜ばなかった。

「ああ、お前はいいさ。美しいからな。おえらい神官長やら大神官やらを、いくらでもたぶらかせるだろう。お前が微笑のかけらをひとつ放れば、奴らは争ってそれを拾おうとするだろうよ。うらやましいことだ」

ファランギースは傷ついた。このときイグリーラスは彼女よりむしろ彼自身を侮辱《ぶじょく》したのである。酒毒に濁《にご》ったイグリーラスの目を見ながら、ファランギースは、なさけない気持でいっぱいだった。彼女の前にいるのは、挫折《ざせつ》から立ちなおる強さを持たぬ男、不幸を他人のせいにする男、他人を嫉《ねた》むことで自分をなぐさめることしかできぬ男だった。

「もう来るな」

イグリーラスは言いすて、ファランギースはそれにしたがった。見すてたわけではないが、冷却《れいきゃく》期間をおくべきだということははっきりしていたし、女神官《カーヒーナ》としての修業も仕事もいそがしくなる一方だった。

やがてイグリーラスに災難がふりかかった。何かと彼を叱ったり批判したりしていた先輩の神官が夕食後、急死したのである。彼の麦酒《フカー》から毒が発見され、口論のたえなかったイグリーラスに疑いがかかった。

「私は無実だ。殺すならもっとうまくやる」

イグリーラスはそう主張した。この主張は事実だったのだが、これまでの行動が彼に災いした。つまり、イグリーラスは、すっかり人々の信用を失っていたのである。調査にあたった神官たちは、イグリーラスに対して偏見を持っていた。またイグリーラスも、ふてくされた態度で、調査に協力しない。とうとう逮捕され、神殿内の牢にいれられた。

イグリーラスは神官の地位を失ってはいなかったから、地方の役人に彼を裁く権限はない。大神官が裁判をおこなうことになって、イグリーラスは王都エクバターナまで護送されることになった。騾馬《らば》のひく檻車《かんしゃ》に乗せられて、五日間の旅である。

ファランギースは、父が遺してくれた財産のなかから金貨五百枚をとりだし、檻車のなかのイグリーラスに渡した。裁判の際にも、刑を受けて入獄してからも、何かと費用がかかるのだ。

「裁判が始まるまでには、わたしも王都に着くようにするから、希望をすてずに待っていて」

ファランギースがいうと、イグリーラスは金貨の袋を手にしてうなずいたが、両眼は暗く曇っていた。王都へと護送される檻車を、ファランギースは神殿の裏門から見送った。

それが永い別離《べつり》となった。

イグリーラスは王都に着く前に、五百枚の金貨をすべて費《つか》いはたした。護送の役人たちを買収し、逃亡しようとしたのだ。だが、役人のすべてが買収されたわけではなかった。逃亡はすぐに発見され、追いまわされたイグリーラスは断崖から深い谷底へ転落した。頭《ず》蓋骨《がいこつ》と頸骨《けいこつ》を折って即死だったという。

報を受けてファランギースは茫然《ぼうぜん》とし、グルガーンは逆上した。まことに間の悪いことだが、その直後に真犯人がつかまり、イグリーラスの無実が判明したのである。

「ミスラの神は無実の兄を救いたまわなかったではないか。神は無力なのか。それとも怠《なま》けていたのか。もうおれは神も正義も信じぬ。神官にもならぬ。兄を見すてたすべての奴らに思い知らせてやるぞ」

どれほどファランギースがなだめても、神官長が説得しても、グルガーンは耳を貸さなかった。一夜、グルガーンは神殿からぬけだした。ただぬけだしただけではない。彼が姿を消した後、ミスラの神像に犬の血がひっかけられていることが判明した。また神殿の会計をあずかっている神官が、頭を棍棒《こんぼう》でなぐられて重傷を負い、百枚以上の金貨が盗まれていた。そして、神官長の机の上には、咽喉《のど》を斬り裂かれた犬の死体が横たえられていたのだ。

グルガーンは破門を宣告され、きびしく行方《ゆくえ》を追及された。ファランギースも取り調べを受けたが、女神官長がかばってくれたので、ほどなく釈放された。実際ファランギースはグルガーンの行方について何も知らなかったのだが、神官たちはあまりの冒瀆《ぼうとく》行為に怒り狂っていたから、ファランギースは拷問《ごうもん》を受ける危険すらあったのだ。

やがて、グルガーンらしい旅人の姿を見かけた、との通報があった。神殿では、武装した神官十名と、五十名の兵士とを派遣して、グルガーンをとらえようとした。グルガーンらしい旅人は、魔の山デマヴァントへむかっているという。信仰からいっても、放ってはおけなかったのだ。

ファランギースはそれに加わってグルガーンをつれもどしたいと願ったが、許されなかった。追捕隊《ついぶたい》が神殿を出発した後、ファランギースは女神官長に面会を求めた。イグリーラスを救うこともできず、グルガーンを制止することもできず、あまりにも迷惑をかけたので神殿から身を引きたい、と申し出たのである。

「失敗したり悩んだりしたことのない者は、神官にはむきません。神々にすがろうとする人の心弱さを理解することができないからです。また、人の誤ちを赦《ゆる》すことも、誤ちを犯したことのない者にはできないでしょう。そなたはようやく神官となる資格をえたのです。人は自分で自分を救うしかありません。イグリーラスは自力で立ちなおるべきでした。そなたのせいではありませんよ」

それが女神官長の返答だった。それほど独創的な言葉ではなかったが、口調の温かさとやさしさとが、ファランギースの目から涙をあふれさせた。一生、女神官としてミスラ神につかえようと決心したのはこのときである。

それにしても、グルガーンはいったいどうしたのか。それだけがファランギースには気がかりだった。

ひと月後、追捕隊は帰ってきた。人数は二十名にへり、恐怖と苦難に老けこみ、質問に対して沈黙で答えた。以後、グルガーンに会うこともなく、ファランギースの上に月日は過ぎ、短くしていた髪は長く伸びていったのである。

V

「お耳よごしでございました、陛下」

語り終えて、ファランギースが一礼すると、アルスラーンは大きく息をついた。人の世に超然として、悩みや苦しみと無縁に見えるファランギースにも、そのような過去があったのだ。いや、そのような過去があったからこそ、ファランギースは女神官《カーヒーナ》としての修練をかさね、武芸をみがき、学問を修め、超然たる態度を養ったのではないか。ファランギースは立ちなおった。挫折から絶望と自棄に走ることなく、しなやかに立ちなおったのだ。

「話してくれてありがとう、ファランギース。悩みがあるなら何とかしてやりたいなどと考えていたが、思いあがりだった。あなたの生きかたを私も学びたい」

人の生きかたは人それぞれだ。本来、他人がとやかくいうべき筋のものではない。だが王者の生きかたは、国と国民《くにたみ》に大きく影響する。王者が心弱く、他人を嫉《ねた》み、失敗を他人のせいにするようなことがあれば、国は成りたたなくなるだろう。イグリーラスのように、自分で自分を陥し穴にさそいこむようなことがあってはならない。

ナルサスの言葉を、若い国王《シャーオ》は思いだす。

「生まれながらの王者など存在しませぬ。人は自覚することによって王となるのです。そして、自覚ある王を、臣下はけっして見すてませぬ」

臣下に見すてられた王は哀れなものだ。友人に見放された自由民のように。あるいはそれ以上に。イグリーラスを最初につまずかせたのは、身分制度の壁であろう。だが二度めからは、彼自身のせいでころんだ。結局、彼は身分制度に負けたのだ。

「身にすぎたお言葉、ありがたく存じます」

ファランギースの形式的な謝辞に、深い深い思いがこめられているようだった。

「ところで、陛下、湖上祭のことをおぼえておいででしょうか」

「ああ、昨年の湖上祭で、何やら騒ぎがあったな。船がひっくりかえったり……」

「あのとき、わたしはグルガーンと再会いたしました」

「……そうか！」

それだけしかアルスラーンはいえず、同情をこめて女神官を見やった。

「魔道《まどう》に身をささげたようでございます。想像はしておりましたが、行きつくところに行きつきましたようで」

「ファランギースのせいではない。グルガーンとやらが自分で選んだ道だろう。おたがいに、できなかったことで自分を責めるのはよそう。できることをやらなかったわけではないのだから」

心をこめて、若い国王《シャーオ》はいった。

ほどなくファランギースは退出した。露台《バルコニー》をおりて庭園に出ると、さっそく軽い足どりで歩みよってきた男がいる。

「うるわしのファランギースどの、お寝《やす》みとあらばお部屋までお送りして進ぜよう。どこぞからまた魔性の者があらわれぬともかぎらぬ」

「すでにわたしの目の前にあらわれているようじゃ」

「ははは、ご冗談を。おれはアシ女神の忠実なる僕《しもべ》。あちらこちらで美女を悪の手から守っておる」

「あちらこちらでふられている、とも聞くが」

「いやいや、ファランギースどの。ふられるのがこわくて恋はできぬ。死ぬことを恐れては生きていられぬのと同じ」

「ふむ、真理かもしれぬな」

ファランギースの反応に、ギーヴは、いささか意外そうな視線をむけた。

「どうかいたしたか、ギーヴ」

「あ、いや、ファランギースどのとは長いおつきあいなれど、発言をほめていただいたのは、はじめてではないかな」

「なるほど、最初であったか。ではついでに最後ということにしておこう。効率のよいことじゃ」

「ファランギースどの、恋に効率だの計算だのを持ちこむのは、不純というものではあるまいか」

「不純が服を着こんだような男に、お説教されたくないものじゃな」

ファランギースがさっさと歩き出すと、あわててギーヴが後を追った。鼻先で扉を閉ざされるまでは、ついていくつもりらしかった。

兵士たちが夜の庭園で、魔道士と有翼猿鬼《アフラ・ヴィラーダ》の死体をかたづけ、飛散した硝子《ガラス》などを掃除している。それをダリューンとナルサスが監督していた。

「ナルサス、これはやはり例の王墓荒らしに関わりがあるのだろうか」

「おそらくな」

「秋の湖上祭のときにも奇妙な事件があったが、あれもこれも、すべては一本の糸につらぬかれた兇事《まがごと》の首飾りか」

「じわじわと、われらの首を絞めあげてくるというわけだ」

運び去られる死体から、ふたりは視線をはずした。夜空を見あげたが、王宮全体をおおう灯火の強さにかき消されて、星の数はまばらである。ダリューンが、事態から明るさを見出そうとするかのように口を開いた。

「アルスラーン陛下の登極《とうきょく》以来、パルス国は外国との戦いに敗れたことはない。国内の改革も、さしたる障害もなく進んでいる。こんなはずではない、と、魔道士どもはあせる気にもなるだろうよ」

「追いつめられた者のあがきか」

「そういうことだ。ただ、放っておくわけにもいかぬのが、面倒なところだな。首が絞まる前に毒にあてられるかもしれぬし、チュルクやミスルで妄動《もうどう》する輩も出てくるだろう」

ダリューンの言葉にうなずきながら、ナルサスはわずかに眉をひそめた。

ダイラムの旧領主は、あまりの機略ゆえに、「頭のなかに十万人の兵士を住まわせている」と称されていた。その、頭のなかに住んでいる兵士たちが、しきりに警告を発するのである。やがてナルサスは、考えをまとめるように口を開いた。

「有翼猿鬼《アフラ・ヴィラーダ》は魔性の生物でな。魔道の呪法でよみがえらせることができる。そのような呪法は蛇王ザッハークの破滅とともに消えさったものと思われていたが」

「消えさっていなかった、ということだな。地下にひそんでいたわけだ。他の魔道の技《わざ》と同じことだろうが、おぬしにはとくに気になるのか」

「おれは思うのだ、ダリューン。何者かが有翼猿鬼《アフラ・ヴィラーダ》をよみがえらせた。これはそやつの最終目的ではなくて、過程なのではないか。つまり、もっと兇悪な何かをよみがえらせる前に、有翼猿鬼《アフラ・ヴィラーダ》でまず復活の呪法を試してみたのではないか、と」

「有翼猿鬼《アフラ・ヴィラーダ》より兇悪なものとは何だ？」

このときダリューンもナルサスも、すっかり声が低くなってしまっている。彼らふたりは大陸公路諸国における知略と武勇の宝庫だ。それでも、夜の闇のなかでは、うかつに「その名」を呼ぶ気になれなかった。

かろやかな足音がして、エラムが報告にあらわれた。

「ナルサスさま、陛下はお寝《やす》みになりました。今夜はジャスワント卿と私とで、扉の内側をお守りいたします」

「そうか、ご苦労だがよろしく頼むぞ」

ダリューンと視線をあわせて、ナルサスはうなずいた。すべては夜が明けてからのことだ。太陽の下でこそ、闇に対抗するよい考えも生まれようというものであった。

VI

暗黒の地下に、けたたましい叫び声がひびきわたった。ひとつの叫びが消えぬうちに、べつの叫びがおこり、それらが閉ざされた空間に谺《こだま》して、狂ったような音の洪水をまきおこした。

「騒ぎおるわ、有翼猿鬼《アフラ・ヴイラーダ》どもが」

檻《おり》の方角を見すかして、にがにがしく吐きすてたのは、暗灰色《あんかいしょく》の衣をまとった魔道士であった。彼らの数は三人である。かつては尊師のほかに七人の弟子がいた。それがいまでは半数を割りこんでしまった。王都エクバターナの地下にある魔性の殿堂には、追いつめられた雰囲気があるようだった。八つの椅子のうち五つまでが主人を失っているのだ。

「グルガーンよ、早く尊師におめざめいただきたいものだな。われらではこれ以上のことはできぬ。王宮の襲撃も失敗してしもうたしな」

「有翼猿鬼《アフラ・ヴイラーダ》を王宮に侵入させ、僭王《せんおう》一派の胆《きも》を冷やしてやったではないか」

「だが同志をまたひとり失った。犠牲が大きすぎる」

「犠牲を惜しむのか、グンディー？」

「そうではない」

「では口をつつしんだほうがよかろう」

「わが忠誠と信仰を疑われるのは、まことに心外だ。おれがいいたいのは、尊師が復活なさるまで、むやみに動くべきではなかったということだ」

またしても有翼猿鬼《アフラ・ヴィラーダ》が叫び声をあげ、それが床や天井に反射した。たえがたい騒音だ。

「うるさい、猿ども！　水をぶっかけてくれようか」

どなりつけたグンディーが、底光りする両眼を仲間にむけた。

「グルガーンよ、この際だから、おれのほうからもいっておこう。このところ、やたらとおぬしは動きまわりたがるが、アルスラーン一派の用心をさそうだけではないか。これは計算ちがいか、それとも計算どおりか」

すっとグルガーンが目を細めた。

「何をいいたいのだ」

「はっきりと聞きたいなら、いってやる。尊師が復活なさったとき、そばにいるのがおぬしひとりだけ、ということにならねばよいがと、おれは思っているのだ」

「無礼だろう、グンディー！」

「無礼がどうした。息まくのは痛いところを突かれたからか」

音をたてて椅子が倒れた。ふたりの魔道士は両眼に怒りの鬼火《おにび》を点《とも》してにらみあった。

「やめぬか、グルガーン、グンディー！」

三人めの魔道士が、叱咤しつつ両者の間に割ってはいった。

「われらは最初、七人いた。それがアルザング、サンジェ、プーラードを死なせ、今度はビードを失った。残るはわれら三人のみだ。いずれも未熟非才《みじゅくひさい》の身ながら、力をあわせて地上の人間どもを苦しめ、蛇王ザッハークさまの再臨を一日でも早めねばならぬ。それなのに、感情にまかせて争うようでどうするか。尊師に顔むけできると思うのか！」

燃えあがった怒りの火は、急速に熱を失った。沈黙につづいたのはグルガーンの声だ。

「悪かった、ガズダハム、おぬしのいうとおりだ。残りすくない同志が争っていては、大いなる目的も達せられぬなあ」

「わかってくれればよいのだ。これからますます力をあわせようぞ」

何やら美しい光景であった。地上に巨大な災厄をもたらし、流血と破壊のただなかにパルス国を投げこみ、数百万の民衆を殺戮《さつりく》しようという彼らの目的を、正当化できるものなら。

「もうすこしの辛抱《しんぼう》だ。尊師が復活なさったら、すべてをおまかせして、おれたちはご指示にしたがえばよいのだからな。アルスラーンの一党めが、さぞ泣面をかくであろうよ。

そのときには……

「待て、何か聴えぬか」

ガズダハムが手をあげていい、三人の魔道士は口を閉ざして耳をすました。けたたましく不快な有翼猿鬼《アフラ・ヴィラーダ》のわめき声が、断ちきられるように消えた。毒にみちた沈黙が地下室をのみこんだ。

「あれからすでに四か月をこした。半年はかかると思っていたが、意外に早く時が満ちたか」

グルガーンがささやくと、他の二名は声をのんでうなずいた。そして生き残った魔道士たちは、暗灰色《あんかいしょく》の衣の襟《えり》をただし、立ちあがって隣室へと歩みはじめたのである。

ミスル国では、北の海に面したディジレ河口の港バニパールから、一隻の大型帆船《はんせん》が出港しようとしていた。行先はマルヤム王国。乗りこむのは、国使としてミスル国王ホサイン三世を訪問していた騎士オラベリアである。

ホサイン三世から好意的な返事をもらったわけではなかった。だが、ミスル国のようすをかなり観察することができた。とくに注意したのは、海軍のようすである。ミスル国とマルヤム国とは海をへだてているから、戦うにせよ同盟するにせよ、ミスル海軍の実力や活動状況を正しく知っておく必要があった。むろんミスルがわはなるべく隠そうとする。それをかいくぐって、観察したり調査したりするのが、外交官の技倆《うでまえ》というものだ。

もうひとつオラベリアが得たのは、港で海から救いあげたパリザードという女だった。最初、オラベリアはパリザードをミスル国の官憲に引きわたすつもりだった。とくにそうたくらんだというより、それが当然の処置であろう。だが、医師の治療によって意識を回復したパリザードは、自分がパルス人であると名乗り、ミスル国の官憲に引きわたさず、マルヤムにつれていくよう求めたのである。

「私はマルヤム新国王の代理として、ミスルに来ておる身だ。ミスル国王に対して、うしろめたいまねはできぬ。どんな事情があるか知らんが……」

「ミスル国王を信じたりしたら、あんたがたの新国王とやらは、ひどい目にあうよ。ミスル国王はあつかましい詐欺師《さぎし》なんだからね」

「とんでもない女だ。一国の君主をつかまえて詐欺師よばわりか」

「詐欺師の上に人殺しなんだよ、あいつは！」

「それほどいうからには証拠があるのだろうな」

「証拠はあたし自身さ」

そしてパリザードは、自分自身が体験したこと、ザンデから聞いたことのほとんどを、オラベリアに語ったのである。彼女の話はきちんと筋道《すじみち》が立っており、説得力があった。いくつかの質問に対しても明確な返答がなされた。

オラベリアは思案をめぐらした。この女の証言が真実であるとすれば、たしかにミスル国王ホサイン三世は詐欺師よばわりされてもしかたない。偽の王子をかつぐミスル国と、不倶戴天《ふぐたいてん》の敵であるパルス国とが抗争し、ともに被害を受けてくれれば、マルヤム国王のルシタニア人政権にとっては願ってもないことである。ただ、ひとつまちがえば、とんでもないことになるかもしれない。

「とにかく、こいつはおれの手にあまる事態だ。いそぎ帰国して、ギスカール陛下にご報告申しあげたほうがよかろう。うまくいけば国のためになるだけではなく、おれ自身の出世にもつながるというものだ」

決断すると、あらためてオラベリアはパリザードをながめやった。なかなかの美女、しかも豊満で生命力にあふれている。パルスを侵略したとき、ギスカールがこの型のパルス美女を幾人も寵愛《ちょうあい》していたことを、オラベリアは思いおこした。惜しい女だが、オラベリアは手をつけぬほうがよさそうだった。女の左腕に光る銀の腕環《うでわ》も気にかかる。

「マルヤムはお前にとって、はじめて行く異郷だ。心細くはないか」

「生まれたときには、パルスだってはじめての国だったさ。どこの国だろうと男がいて女がいる。別に変わりはないよ」

「ふん、まあいい。本来なら許されぬところだが、特別につれていってやろう」

「ありがとうよ」

もったいぶるルシタニア騎士に、ごく簡単な礼の言葉を放りつけておいて、パリザードは心につぶやいた。

「ザンデ、待っておいで。ミスル国王とその手下を痛い目にあわせて、あんたの無念を晴らしてやるよ。でないと夢見《ゆめみ》が悪くて、あたしひとり幸せになるわけにもいかないもんね」

残る一生、ザンデのことを想いつづけて世の片隅でくらす、という発想はパリザードにはない。いずれ容姿も稼ぎもいい男を見つけて結婚するつもりである。だが、とにかくザンデとは流亡《りゅうぼう》の旅をともにした仲だし、「大将軍《エーラーン》の正夫人にしてやる」ともいってもらった。あんな具合に殺される理由はなかった、と、パリザードは思う。悪い男じゃなかったからね、仇《かたき》を討ってやらなきゃ。そう思うのだ。

そして出港の日が来た。帆船の甲板に立って、パリザードは北の水平線をながめやった。濃藍色《のうらんしょく》の海面に白いものがちらつくのは、波か海鳥かわからない。かるく両手をひろげて大きく息をすいこむと、胸に潮の香《か》が満ちた。ミスラ神の姿を彫りこんだ腕環が陽光にきらめく。

マルヤム国の船に乗って、パルス国の女がミスル国を離れようとしている。そして、東の海では、シンドゥラ国の船に乗ったパルス国の男が、ミスル国へと近づきつつあるのだった。

〈アニメスタッフ特別対談〉
監督・阿部《あべ》記之《のりゆき》×シリーズ構成・上江洲《うえず》誠《まこと》

――お二人は『アルスラーン戦記』の原作小説とはどのように出会ったのでしょうか。

上江洲誠　僕は子供の頃、それこそライトノベルという言葉がない頃ですが。ちょっと背伸びして小説を読む小学生だったんですけど、『アルスラーン戦記』の登場は当時としては珍しい若者向けのファンタジーということで、嬉しかったですね。すぐにファンになりました。それまでは無理してマイケル・ムアコックなどの大人用の物を読まなくちゃいけませんでしたから（笑）。大人になって自分がアニメの仕事をするようになって、シリーズ構成を任されたということが、震え上がるくらい光栄でしたね。

阿部記之　僕は上江洲さんより歳が上なんで、ちょうどアニメの仕事を始めた頃に『アルスラーン戦記』が盛り上がっていて、そういう本格的なファンタジーはいいなあと思っていました。実は、僕はちょっとだけ『アルスラーン戦記』に関わらせてもらった経験もあるんですよ。ゲームか何かのコンテを手伝い的にやった記憶があるんです。

上江洲　セガのメガCDですね！

阿　部　僕はその頃は流れの中でやってたんで、実はよくわかってなくて（笑）。

上江洲　それ、初耳です。運命的なものを感じますね。セガのメガCDというゲーム機がありまして、それに『アルスラーン戦記』がラインナップされてて……シミュレーション・ゲームですよね？　僕はその頃、学校の帰りに中古ショップに立ち寄って「ほしいな、ほしいな」と指をくわえてた（笑）。

阿　部　ちゃんと関わりたいなと思っていて……それが二十年くらい経って、こうして関われたのは嬉しいなと思いますね。

――お二人にとっての『アルスラーン戦記』という作品の面白さについてお聞かせください。

上江洲　『アルスラーン戦記』はまだ本格的なヒロイック・ファンタジーが日本にない頃に、田中芳樹先生の先見の明で書かれたわけですけど、何が白眉だったかと考えるに、女性で美形で超強いファランギース、吟遊詩人なのに剣士より強いギーヴなどなど、アニメキャラクター的な発想の逆輸入だったわけです。今はよくある話に聞こえますが、その時代にはとてもエポック・メイキングなことですよね。田中芳樹という作家は未来からやってきたのか？　と思うぐらいに先進的ですよね。ただ、これは大人になってからの分析しての考え方ですけどね（笑）。子供の頃はキャラ萌えしてて、ダリューンかっこいい、ファランギース素敵、こんなキャラクターたちが活躍する物語があるのが楽しいなあ……と読んでいました。

阿　部　田中芳樹先生の作品は『銀河英雄伝説』なども含めて、世界観というか、社会構造とか、政治体系みたいなのがしっかりあって、でも描かれるドラマは人間的……という部分がいつも魅力的ですね。『アルスラーン戦記』にしても、あの時代だと奴隷制度は当然あるし、血統というものも重要視される。そこはちゃんと捉えた上で、その中でキャラクターとしては現代的なアルスラーンがいたりする。『銀河英雄伝説』でもいろんな社会制度が出てくるじゃないですか。ドラマの中にちゃんと政治の世界とかを垣間見せてくれる、そういう存在感ある世界がちゃんと描かれているのが好きですね。

――原作で好きなエピソードはどれでしょうか。

上江洲　テレビだと十話になりますが、原作だと二巻のホディールの話が僕はすごく好きで。殿下がホディールの屋敷で一夜を明かし、奴隷を逃がそうとしたら結果しっぺ返しを食らう、あれですね。まず短篇としてまとまっているところも好きですし、それがあるから全体の物語の捉え方が読者の中にできるというか、はっとした瞬間でしたね。シリーズ構成としてはどこもかしこも好きなんですが（笑）、自分で手を挙げて書いたのは十七話のシンドゥラでの神前決闘、あれは自分で是非やりたいといって作ったところです。

阿　部　好きなのはカーラーンが死んじゃうところとか、バフマンが死んじゃうところとか。もっと派手な部分でカッコいい話もいっぱいありますが、こういうところって、この時代の世界で譲れないことが何なのかが表れていますよね。サームにしても、現代人からすれば、ヒルメスにどうしてついていくのかとなるかもしれないけど、時代劇として考えた場合には、封建社会の中でそのへんの血統の重みとかがいかに大事か、アルスラーンというまっすぐな少年は大好きでも、その中で自分の立場を崩せない人たちというのは、時代ものっぽい感じで魅力的ですね。

上江洲　そうですね。今アニメを作ってて、そういうキャラクターを作ることがあまりないんです、時代劇的な理念の通し方というか。それは作っていて楽しいですね。

——ヒルメスといえば、テレビでは十九話がヒルメス主役回になってて、あれはアニメならではの趣向だと思いました。

上江洲　テレビアニメと小説は体感する時間が違うメディアで、必要を感じて描いた箇所です。敵役であるヒルメスの人柄も掘り下げて、視聴者にしばらくヒルメスと同じ時間を味わっていただくことが趣旨です。同時にサームも掘り下げることができて、良かったですね。

――あの回はエンドクレジットでもヒルメス役の梶裕貴さんがトップになっていて。

上江洲　ヒルメスを大事にしてるんですよ（笑）。そのままやると意外とヒルメスって出てこないんです。

――原作では聖《サン》マヌエル城の攻防戦にもいないですよね。

上江洲　そうですね。小説の四巻までを扱うのは決まっていたのですが、その中でヒルメスとアルスラーンが出会う場所がないというのが作っていて非常に難しかったところで、途中で合流させることはできないまでも、ヒルメスたちが何を考えているかを味わってもらうのが必要だったというところから生まれたエピソードです。

――原作の小説も完結していませんし、荒川弘さんの漫画もまだ序盤なので、途中からオリジナルの展開になっていますが、そのあたりはどのように作っていったのでしょうか。

上江洲　すべて荒川先生と田中先生ありきで作られています。特に荒川さんとはコンセンサスをとっていて、荒川版『アルスラーン戦記』になるようにというのは最大限心血を注いだ部分です。それがあったので、どっちに行こうかと迷った時に、荒川さんならこうなんだという指針ができました。

阿　部　小説だけだったら、もう少しそのへんは決まらなかったかもしれない。

上江洲　小説だけだと、皆それぞれにイメージがあるでしょうから、千差万別の意見が出たと思います。こういうかたちでまとめられたのは、荒川さんの示した指針があったというのが大きかったですね。

阿　部　荒川さんの漫画は、小説で四巻から登場するエトワールが最初から出てくるのですが、全二十五話のあいだに入れられる機会は二回くらいかもしれないけど、アルスラーンが女性に戻ったエトワールと出会うのはどうかというのも、荒川さんと打ち合わせをしている流れで話したことです。そのへんは一部田中先生のアイディアだったりするんだけど。

上江洲　二クールで二回くらいエトワールと会った方がいいよとなって、田中先生もそこにいらして「いいね」と。田中先生が荒川さんの「実は奴隷少年がエトワールだった」というアイディアに惚れ込んでまして、そこから一番面白く見せる構成ってなんだろうということに時間をかけましたね。

――お互いの正体に気づかないアルスラーンとエトワールのちぐはぐな会話が、図らずもアルスラーンの覚悟に結びつく展開が素晴らしい脚色だと思いました。

上江洲　アニメ版で僕らが褒めてほしいところですね（笑）。

阿　部　そこは作ってる側として、上手く行って良かったなと。あの状態でエトワールに後押しをしてもらうというのは一度で出来上がったものではなくて、ライターさんの考えなども入れていきました。あのへんがアルスラーンが一番自分はどうするべきかと悩んでいた時なので、それをどう解消するかというのと、ふたりをどう会わせたいというのと。

上江洲　結末がまずありきだから、そこから逆算して、何が一番効果的なのか……例えばエトワールが男姿で会うべきなのか、女姿で会うべきなのか、どうすれば聖マヌエル城ですべての正体がわかった瞬間に一番ぐっと来るかを考えて中間エピソードは考えられています。アニメ版の仕掛けとしてはエトワールがらみのところが一番見せ場ですよ。上手く行って良かったなというのが今の実感で、そこが面白くなければ僕らとしては穏やかではないと。

阿　部　基本、今回の話はアルスラーンが成長していくのが前提なんですが、そのキーになるひとりとしてエトワールがいる。ある意味で、敵ではあるし、仲間意識もあったし、それでいて女の子でもあるという、いろんな美味しい部分が詰まっている。

上江洲　アルスラーンにものを考えるきっかけを与えたメンターでもあるんですよね。コミックの『アルスラーン戦記』がすごいのはそこで、聖マヌエル城に出てくる騎士をよくそこまでふくらませたと。それは田中先生も大喜びしたと伺ってますから。荒川弘おそるべしですよ。

――田中先生からはアニメの感想は伺っていますか。

上江洲　大変喜んでいただけたようで、最終回を迎えて、来週からは何を生き甲斐にしていけばいいのだとおっしゃっていたと伺っています。もちろんマネージャーさんからは続きの原稿を書けと言われたそうです（笑）。田中先生の中で燃え上がるものがあったのだろうと思いますね。アフレコにも来ていただいて、話す機会もあったんですが喜んでいただけて。優しく見守っていてくれた感じです。非常に度量が広いというか、自由にやらせていただいたのがありがたかったですね。

阿　部　とてもお優しいというか、アフレコに来ていただいた時も、声優さんや我々が、細かい言い回しをああだこうだ言ってるのを横で聞いていらして、僕が書いたのをみんなでそんなに真剣に議論しているのを聞いているのは楽しいとおっしゃっていましたね。あ、楽しんでくださっているんだなと思って。やっぱりすごくお洒落な文章なので、それをこちらも読み解きたいし、声優もそれをしたいと。さすがに書かれてから時間が経っている状態ではあるので、その流れの中でどうなんだろうみたいな……言葉遣いも、わざとあまり使われない雰囲気のある言葉を使ったりなさるんで、そのへんがなかなかやり甲斐があるというか。

上江洲　キャストも前のめりでしたね、イントネーションはどうかとかこの言い回しはどうかとか。そうするとこちらも熱を持って返すじゃないですか。アニメーターも声優も非常に熱が入ったシリーズでした。配役が決まった時にみんな嬉しそうでしたね。声優も世代的に『アルスラーン戦記』が好きな方が多かったですね。万騎長《マルズバーン》達はみんなわかっている感がありました（笑）。

阿　部　漫画もそうだし、小説も基本ポテンシャルが他のものより高いんですね。だからスタッフみんなが熱くなる。僕らとしては最初にやる前に気になったのは、二十年以上前の作品をどう見せるかという時に、今だったらもっと展開を早くするとか、もうちょっと深刻な状況に陥るとか、あるいはひっくり返し方にしても元の仕掛け自体に今どきの作品は凝っちゃってたりするんですよね。そういう中で『アルスラーン戦記』は非常にわかりやすくて、圧倒的な仲間に囲まれてるアルスラーンの安心感とか、それがどういうふうに受け取られるかというのは、確かにやってみないとわからないわけだけど、でも結果的に時期も良かったのかなと思うのは、全体の中ではこういうのがあまり多くない中で競合がなかったのかな。二十歳くらいの人からすると新しい感覚に見えるのかもしれないので、元がしっかりしているが故に通用したのかなと思いますね。

上江洲　王道の良さですよね。だから小細工はしなくて良かったなと。大河感といいますか、古典の持つ強固さというのがありますね。会議中に風格という言葉がよく出てきましたが、歴史のあるタイトルの風格を残せているのだろうかとか、どう残していくかというのは端々で議題に上りましたね。

――小説では描写しなくて構わないものでも、絵にする場合に描かなければならないものについては、いろいろご苦労があったのではないでしょうか。

上江洲　苦労としてはそこが一番苦労ですね。あの世界の文字は全部考えなければならないし、食事のシーンでも、シンドゥラはインドがモデルだとしたら手で食事するのかとか、画面に出てくるものを全部考えなければならない。あと、アニメーションでは馬を描くのは大変なので（笑）、そこはCGが発達したおかげで何とか。手書きのアニメだったら完成しなかったでしょうね。

阿　部　そういう意味では、今になってそれがちゃんと作れるようになったという技術の問題がありますね。

上江洲　鎧とか馬とか、CGを使わないと放送に間に合わない（笑）。僕は他に『刀語』（著・西尾維新）など小説を原作としたアニメをいろいろやらせていただいてきました。それで痛感していることでもあるのですが、脚本にするというのは、読んで味わうために書かれた素敵な文章を、今度はドライな、別の解釈を許さない文章に変換していく作業でもあるんですね。文章を解釈し、映像にするときはこうなんだと考え、スタッフ全員に伝えるのが脚本家の仕事です。僕はよく会議でホワイトボードを使うんですが、聖マヌエル城ではキャラがみんな出てくるから、作戦指揮図みたいなのを書いて、誰と誰が対決したら面白いかとか、みんなで考えていきましたね。それは辛くもあり、楽しくもある瞬間でしたね。

阿　部　シナリオで一応そこまで進められていると、方向性が決まっているので作業的には楽というか。シナリオはそこを無視したままでも書けるんですけど、そうすると絵にした時につながらなくなるわけです。それは僕は好きなスタイルではないので、脚本の時に考えますね。逆に言うと荒川先生の基本の世界観があって、みんなのイメージが統一できていたので、これが全くないところから始めたらもっと大変だったでしょうね。

――ところで、アニメは第二期の発表がありましたね。

上江洲　今日、ちょうど三十分前まで第二期の打ち合わせをしていました（笑）。『アルスラーン戦記』を裏切ることなく続けられることになりました。原作のどこまでやるかはお楽しみに、ですね。第一期を一生懸命作って良かったなあと……この規模でこの内容のものを作るのは現場も相当大変だったと思いますが、でもやりとげたのはライデンフィルムのアニメーターの皆さんの作品愛が強かったからですね。

阿　部　そうですね。そういうのって作品作りには大事で、原作はみんな好きだし、荒川さんの漫画もみんな好きだし。そこで好きかどうかは仕事といえども大きくて、スタッフみんなで王都奪還したいと（笑）。

上江洲　最初に依頼があった時に二クールだと伺って、さてどこまでをアニメでやるかなのですが、無理に原作七巻『王都奪還』までを詰め込んで、描写が甘いアニメは作りたくないなと思っていました。今だから言えますが、最初から絶対続編を決めるつもりでシリーズ構成していました。賭けでもあったのですが、お客様に喜んでいただけて良かったです。

——最後に、第二期に向けての意気込みをお聞かせください。

上江洲　お陰様で好評をいただいて、続きを作らせていただけることが決定してとにかく嬉しいです。これからまたエンジンをかけて、熱い気持ちで取り組んでいくところです。この対談を読んでいる田中先生の、そして『アルスラーン戦記』のファンの皆さんに何より喜んでもらいたいと思っていますので、応援していただければと。読者の皆さんに失礼のないように取り組んでいきたいと思いますので、応援してください。

阿　部　先ほども言ったように、スタッフ一同、最後には王都奪還したいので（笑）、それを見届けるまでは死ねないという気持ちで今後もやっていきたいと考えているので、ご期待くだされればと思っています。

（二〇一五年一〇月七日収録）

聴き手・構成／千街晶之

●一九九二年七月　角川文庫刊
●二〇〇四年二月　カッパ・ノベルス刊（第十巻『妖雲群行』との合本）

光文社文庫

旌《せい》旗《き》流《る》転《てん》　アルスラーン戦《せん》記《き》⑨

著者　田《た》中《なか》芳《よし》樹《き》

2015年12月20日　初版1刷発行

発行者　鈴木広和
印刷　豊国印刷
製本　ナショナル製本

発行所　株式会社 光文社
〒112-8011　東京都文京区音羽1-16-6
電話　(03)5395-8149 編集部
8116 書籍販売部
8125 業務部

ISBN 978-4-334-77216-1　Printed in Japan

組版　豊国印刷

お願い　光文社文庫をお読みになって、いかがでございましたか。「読後の感想」を編集部あてに、ぜひお送りください。

このほか光文社文庫では、どんな本をお読みになりましたか。これから、どういう本をご希望ですか。

どの本も、誤植がないようつとめていますが、もしお気づきの点がございましたら、お教えください。ご職業、ご年齢などもお書きそえいただければ幸いです。当社の規定により本来の目的以外に使用せず、大切に扱わせていただきます。

光文社文庫編集部